三日月書版

三日月書版

輕世代
FW102
絢日 繪
浴火小熊貓 著
外星達令的
Extraterrestrial Lover
2
戀愛課程
三日月書版

外星達令的戀愛課程

Extraterrestrial Lover

蘇小白

身高：163 cm　體重：49 kg

在英國念大學的東方女孩。

個性內向笨拙，是個渴望交到朋友又害怕受傷害的善良孩子。

艾爾

身高：187 cm　體重：85 kg

全名艾爾弗蘭德・伯恩斯坦・賽德維金。

賽德維金帝國第二王子，賽德維金帝國軍隊戰時總指揮官。

外表非常悅目的青年，但是親切禮貌的微笑只是多年來的禮儀課訓練結果。

其實是個相當自我、有點任性的人。

修澤

身高：187 cm　體重：80 kg

全名修奈澤爾・賽德維金。

賽德維金帝國第一王子，也是首輔與儲君。

性格腹黑、果斷、驕傲。因為無法在地球上收束力量，被議會認為不具備擔任「希望王子」的資格。對於弟弟替代他去地球這件事感到相當歉疚。

從小接受儲君教育，有著極強的責任感和榮譽感。

第３８章

拜拜，艾爾

艾爾不知道自己是怎麼走回艾爾弗蘭德1號的。小白還沒有回來。

「蘭尼——」艾爾坐在沙發上抱著自己的膝蓋。「她這次真的生氣了。」

「你為什麼要跟她說那些話呢？」蘭尼長嘆一聲，「那些資料都是在她搬進來之前進行的例行調查。雖然我也覺得有那麼一筆錢卻不肯用是挺奇怪的，可是一想到如果她願意用那筆錢的話，根本就不會從學校宿舍搬出來，也不會找到這裡，我就覺得這是命運的安排。既然是命運安排的，那還追究什麼？」

艾爾把額頭靠在膝蓋上，「現在我該怎麼辦？」

「兩個選擇。我們可以繼續深入調查，讓索拉和盧斯查查為什麼她不願意用這筆錢，但如果小白知道了一定會更生氣；或者呢，就等她主動告訴你。」

「要等多久呢？」

「不知道。說不定是一輩子。」蘭尼聳聳肩。

小白跑去披薩店加班了。

賣出十六個披薩後，她在那裡見到了久違的馬可同學。

自從新年 party 過後，馬可把他那顆碎成渣渣的心裝在啤酒瓶子裡帶回家，然後強打精神過著行屍走肉的生活。

可是他那天下了班，走著走著就走到艾爾弗蘭德的小山腳下，循著勾起思鄉情緒的披薩香味走進了小白打工的店。

馬可推開門，一眼看到站在石窯前握著長柄木鏟往裡面放披薩的小白，他碎成渣裝在啤酒瓶裡的心，又一次被那個蒙著眼睛亂射箭的小混蛋給射穿了。

「馬可？」小白回過頭看到傻呆呆看著她的傢伙，「你怎麼來了？要吃什麼？我們店裡的Pepperoni 最棒了。大叔，對不對？」

老闆豎起拇指。

「妳怎麼會在這裡？」馬可反問她。啊，她的臉被爐火映得紅紅的，鬢角還流著汗，真漂亮。

「我被《生物》期刊邀請去列席斯德哥爾摩的研討會，不過因為是列席，所以得自己出錢，於是我就來這打工了。」

馬可要了一份 Pepperoni，站在櫃檯旁邊吃，「妳訂機票和住宿了嗎？簽證辦好了嗎？」

小白垂著眼皮沉默一會兒才回答，「機票訂了。簽證下星期應該就能收到，但是旅館好貴。而且我聽說瑞典那裡一個漢堡價錢就相當於十英鎊？你不是去過幾次嗎？那裡物價真的那麼貴嗎？」

「嗯。我大學的時候跟著同學去那裡玩，大學附近有一家青年旅館倒是挺便宜，不過沒有供應毛巾和床單。後來幾次是跟著導師去，都是公費。那裡物價的確很貴。」

小白把烤好的披薩用木鏟取出來，放進折好的外賣紙盒，遞給另一位客人，「謝謝惠顧。聽起來，我要是有博士學位就不用再擔心了，是吧？」

「妳今年就得開始準備申請了，課題決定了嗎？」

「就是這個很麻煩。能不能選兩個不同系的導師？」

在家裡的艾爾考慮著要不要去接小白。

如果跑去披薩店，那不是等於跟小白說：妳的手機早就被安裝了ＧＰＳ，我是跟蹤狂？

嗯……這個時候還得靠戰友。

他做出決定，臨時徵調菲烈代替博瑞巡邏，讓博瑞在披薩店和山腳下附近不停往返，造成偶遇小白的假象，接她回家。

披薩店關門之後，馬可陪著小白走回小山腳下。

「到這裡就行了。」

「可是還很遠呢，還有個樹林。」

「沒事。」

小白在想，誰知道馬可跑上去會出什麼事啊，還是自己回家吧。

正在爭執不下的時候，博瑞「巡邏」回來了。

自從馬可在新年 party 上見到負責和學校商議基金用途的博瑞、發現博瑞和艾爾明顯是下屬對上級的關係，他就隱隱猜到「希望王子」是誰了，他只是不知道整個計畫都是因小白而起的。

這下他沒有理由再送她了，只好看著博瑞和小白走上臺階。

艾爾做小伏低，每天都過著一條把主人寶貝的限量版包包當磨牙棒咬壞的壞狗狗的生活。而且主人現在還捧著包包蹲在地上哭呢。總之，他在夾著尾巴做人。

但他還是覺得小白跟他之間的裂痕難以彌補。

她又回到以前的那種樣子。明明在心裡想了很多事情，可是最後卻只對他說一句無關緊要的話。

艾爾第一次明白什麼叫無能為力。不管他怎麼努力示好，她總是一樣的反應，不拒絕，可也不見得開心。

怎麼辦？她離我又更遠了。

「這樣的話你只能來個大手筆了！」麗翁看著她苦惱的主人，「不過，你也真是的，你難道看不出來她不想告訴別人嗎？這種時候你只要支持她就行了！到了適當的時機，她會跟你說的。」

艾爾側著頭趴在書桌上，看著學生們在書架之間穿梭尋找，「什麼叫大手筆？」

「你也飛去瑞典啊！」麗翁玩著自己新做的水晶指甲上的小水鑽，「給她一個情人節驚喜。你到那裡找她，然後帶她去吃燭光晚餐。餐廳呢……最好選那種在小島上、坐船才能到的，餐廳還要有樂隊現場演出。吃完飯喝點小酒，然後送她回她的旅館，在臺階上給她一盒巧克力和告別吻。」

「這樣可以嗎？她不會覺得我是跟蹤狂嗎？」艾爾打開電腦開始看航海圖。

「你都已經做出了至少能坐十年牢的事了，還在乎這個嗎？」麗翁忽然想起什麼，「喂，出了這麼棒的主意，你是不是很想對我表示一下謝意啊？」

「妳要什麼？」

麗翁從書包裡拿出一張紙條，「既然你連皇家銀行的系統都能駭進去，那麼，這個人的身分你應該能查到吧？」

「一次五百塊？」艾爾接過紙條，疑惑而帶點鄙夷的看她，語氣不善，「雖然看得出妳在某些事情上道德底線很低，但是——哼。」

「我不好意思一直讓小白幫我寫作業啊！如果他沒什麼大問題的話我就可以放心的繼續找他了。」

艾爾瞪了她一眼，還是把紙條收起來了。

不過，他回到家，把紙條扔在蘭尼堆滿遊戲光碟的書桌上就把這件事忘了。

小白出發去瑞典之前，麗翁來幫她收拾行李。小白所有衣物用品只需一個行李箱就能裝下，三天兩夜的旅行需要的東西也很簡單。而麗翁是一個即使來過夜也會帶一堆化妝品的人。

果然，在麗翁看來，小白帶的衣服太少。她不由分說把一條薄紗小禮服塞進小白的手提包裡，「說不定會議結束之後有晚宴呢？」

她說著又抓了條紅色的喀什米爾羊絨披巾放進去，「這個也帶著。而且我覺得妳應該多帶一雙高跟鞋，嗯……」她站在衣櫃前面搜索，「帶這雙！這雙Louboutin剛好和披巾顏色一樣。啊，這麼新，妳都沒穿過吧？」

小白拉上行李包拉鍊，「夠了，我買的是廉航機票，不能託運行李，別再塞東西了。」

麗翁只好作罷，她看著小白的衣櫃，發現以前那些她和小白一起敗的高級貨幾乎都不見了，剩下為數不多的衣服，幾乎全是能穿十年以上的百搭經典款。

「妳以前那些漂亮包包和衣服鞋子呢？我一個表姐四月結婚，我想借那雙ＭＢ的寶藍色緞面高跟鞋呢。哦哦，還有那個Fendi的珠珠包也可以借給我吧？」

「那些衣服、鞋還有包包都在ebay上賣掉了。」

「賣了？！」麗翁跺地尖叫，「那雙鞋是限量款啊！有錢都買不到！」

「就是因為能賣個好價錢才賣的。」

「……咳，妳的護照帶了嗎？」麗翁岔開話題。她猜小白在網上拍賣衣物的原因，大概和不肯用那筆錢的原因是同樣的。

麗翁陪著小白去了機場，小白覺得她有可能只是想找個理由曠課。艾爾送到小山腳下，眼巴巴的看著她們坐上計程車。小白目不斜視，一直到車子轉彎都沒有回頭看他。

麗翁覺得艾爾的情況比她想像中的還要糟糕。

去出境大廳前，麗翁從包包裡拿出一個小盒子塞給小白，「我給妳的情人節禮物！」排隊安檢時，小白撕開小盒子的包裝紙，那是一支新的香奈兒口紅。她隨手把口紅放進包包裡。

升空之後，小白從機艙窗口俯瞰這座城市，心中莫名有種空蕩蕩的感覺。

這並不是因為短暫的失重而引起的。

下了飛機，小白拎著行李出關，沒想到在出口另一邊，一個紅衣金髮美女舉著寫有她名字的紙牌在等她。

察覺到小白探究的目光，身高一百八十公分、目測至少F罩杯的金髮女孩朝她看過去，笑得露出八顆牙齒，一雙藍眼睛顧盼生姿，隔著人群喊，「蘇小白？妳是蘇小白吧？」

小白疑惑的走近。「我是。妳是……？」

美女給她一個十分堅定的握手，「緹娜。緹娜‧埃里克森博士。馬可‧藍佩洛博士拜託我來接妳的！」

緹娜是研究生，也是馬可想要為生物系新實驗室招募的重要人才之一。她和馬可通過email交流過幾次，得知他的朋友受邀來參加會議，就主動請纓來接小白了。

小白很快明白，緹娜是想從她這裡打聽些在學校官網上看不到可又十分重要的情報，主要是人際關係方面的。

比如……藍佩洛博士是不是單身啊？

「哎？」小白稍微想了想反問緹娜，「妳對藍佩洛博士很有好感嗎？」

「嘰嘰嘰嘰～」緹娜發出一陣和她外貌極為不符的齧齒類小動物的笑聲，連連點頭，「嗯嗯。跟他在視訊上談過幾次，他極力遊說我參加你們系的新實驗室項目，因為我和大學的合約就快到期了。所以呢，如果他是單身的話，我就跟你們大學簽約嘍。」

唔……這更不好回答了啊。小白斟酌說，「據我所知，他沒有女朋友。」

緹娜抓住她擁抱了一下，「太好了！妳這麼說我就放心了。」

「啊？」

「妳這麼說的話，就說明妳不喜歡他呀，既然是這樣，那麼他不就是單身嗎？」緹娜撩一下肩上的金髮，笑得花枝亂顫，「那我就有機會了。」

小白一頭黑線。

這麼說的意思，是妳早就知道馬可喜歡我嗎？如果我的回答令妳不滿意，在這個人生地不熟的地方妳該不會把我帶到哪裡去吧……

啊，蘇小白妳果然還是太蠢了。都被蘭尼騙一次了還不長記性！笨！

小白一邊在心裡罵自己，一邊皺眉看正在招呼計程車的緹娜。這個傢伙絕對不像她表現出的那麼陽光。不過，由於緹娜比她高很多，所以她只能對著人家胸前表達不滿。

論壇當天下午開始。第一次來這麼多頂尖專家雲集的地方，小白坐在角落看著這些登臺的人，想到艾爾說的，她是因為對生物這門學科充滿興趣才會一直考第一。

等著吧，有一天我也會站在上面，驕傲的跟大家演說。

想到這裡她突然發覺，自己剛才在腦海中的豪言壯語，似乎是跟某個人說的。小白警告自己要集中精神，她可不是浪費機票住宿費來這裡發呆的。

但是……

她仰望著另一位發福禿頭的專家，臺上的人侃侃而談，臺下的她想到的是：艾爾現在在幹什麼？明天就是情人節了，他好像本來是想帶我去一個有摩天輪的公園。

唉，艾爾你這個笨蛋，既然能想到什麼摩天輪的主意，為什麼就不知道你不應該去查我的銀行資料呢？

不過，也許是蘭尼查的，他只是也看了。啊，這麼一想，我應該對蘭尼發飆的。

可是——蘭尼也不過只是按照命令做例行的背景調查。

從發現他們是ET的那一天開始我就該猜到的，我進入艾爾弗蘭德1號，就好像進入了一個透明觀察箱一樣，所有的一切都被監控了。

雖然艾爾來了之後，這些監測和樣本採集就被中止了。

唉，我終於明白，為什麼之前發現自己被監測的時候沒有這次這麼生氣了。

因為那時候，傷害我、侵犯我自由的人，對我來說是無關緊要的。

而現在……

那天傍晚論壇結束之後緹娜又來找小白，把他們學校生物系的大頭目介紹給小白。跟大Boss道別之後，小白有些好笑的看著緹娜，「喂，妳想去一起吃飯嗎？我跟妳講講馬可的事。我已經有喜歡的人了，別擔心，不是馬可。」

緹娜終於有點不好意思了，「那我帶妳去個好地方。」

「貴嗎？馬可跟妳說了沒，我來這個論壇用的是我在披薩店打工的血汗錢。」

「嘰嘰嘰嘰～妳好可憐啊，我請妳吧。」

「……緹娜，有人跟妳說過妳笑起來有點像某種囓齒類小動物嗎？」

「沒有。只有人說我有食腐動物的眼神。」金髮妞撇嘴。

她們去的是學校附近的一間餐館。和所有學生聚集的地方一樣，餐館食物樸素美味，分量十足，價錢合理。

兩人的話題從電子學在分子生物學和基因工程上的最新應用，迅速擴展到馬可是怎麼認識小白的，還有他的某些變態愛好，又跳到小白喜歡的那個笨蛋身上。

「是個ＥＴ。」小白簡單的說。

「這麼說我就能想像得到他的為人了。」緹娜揮手叫服務生結帳，「但是妳沒想過嗎？男人和我們本來就不是同一種生物啊。從基因角度上來說，我們進化成人的時間比他們早幾萬年呢。」

小白托著下巴，「是有這種說法。」

即使同一個星球上的男女也不是同種生物，那麼，另一個星球來的艾爾，好像也不是太大的問題？

那天晚上小白又寫 email 給媽媽。

想了很久，她寫了一句話：媽媽，我們吵架了。

雨下了一整夜。

論壇的第二天要比昨天有趣得多，小白記錄了很多筆記，她趁午休時把這些筆記一一整理。回去寫個報告交給蘿絲阿姨，說不定能申請一些差旅費呢。

緹娜那天中午沒有出現，她似乎挺忙的。

下午論壇結束，下了一整天的大雨終於停了。

小白孤零零的走回旅社，一推開門，接待臺裡坐著的中年老闆娘就朝她熱情招手，「妳有訪客！」

「訪客？」

老闆娘眨眨眼，「是個金髮美男子，他在花園旁邊的溫室那裡呢。」

小白的心靜止了一瞬間，接著怦怦的劇烈跳動。

艾爾！他來了。

小白推開溫室的門，原本雀躍得像香檳杯裡的泡泡的心一下子沉下去。

一臉倦容、靠在沙發背上睡著的金髮美男子是馬可。

第３９章

無法掩飾的思念

直到這一刻，小白才知道她有多想念艾爾。

呆了幾秒鐘，她輕輕呼氣，轉過身。

旅館老闆娘推開玻璃門，一臉八卦的興奮，「妳又有訪客了！」

在她胖胖的身後，跟著一個渾身濕漉漉的傢伙。

小白的雙眼在看到這笨蛋的瞬間變得潮濕，垂在身側的指尖微微顫抖，喉嚨裡有一團軟軟的棉花，讓她說不出什麼，只能帶著鼻音對他說出一個簡單的詞，「嗨。」

靠在門邊的老闆娘得到了極大的精神滿足，看來後來這位才是真正的男主角。

艾爾凝視著小白，千言萬語噎在喉頭反而說不出一個字，所以他也只簡單的回應，「嗨。」

他把濕漉漉的金髮向後攏，有點抱歉的小聲說，「對不起，我來晚了。我沒想到會遇到風暴。」

小白搖搖手，把手指放在唇上做個別說話的樣子。她抿著唇笑了。

從爭吵之後，她這時第一次主動拉起艾爾的手，帶著他向外走，壓低聲音，「別吵醒馬可。」

她把艾爾帶到她的房間。

「你冷嗎？」她把自己的大浴巾遞給他，「對不起，這裡不提供毛巾，所以只有我的。」

「沒關係。」艾爾把浴巾罩在腦袋上揉揉頭髮，「嗯……我來，是想……想……」

我想道歉。

我不該問妳暫時不想告訴我的事。

所有人都說這種時候我只要給妳支持就好了。

對不起，我是笨蛋。

這些話在他嘴邊轉了個圈，最後變成，「Happy Valentine's day.」

看到他一時害羞一時後悔的表情，小白大概猜得到他真正想說的是什麼，於是她也回應，

「Happy Valentine's day.」

「啊！糟糕！」艾爾慌忙的把毛巾放下，撿起他一進門就脫下來扔在地上的外套，從內袋裡取出一盒已經壓扁的巧克力，頹喪的坐在床上，「這個……本來是打算晚餐之後送給妳的，不過，我看它等不到那個時候了。」

小白拆開包裝，房間裡立刻充溢著酒香，她拿了一顆看不出原本形狀的巧克力放進嘴裡，「是酒心巧克力啊。」

她遞給艾爾一顆，瞇起眼睛，「是蘇格蘭威士忌嗎？」

艾爾接住糖並沒有吃，只是呆呆的看著她。

「你怎麼不吃？滿好吃的。」小白戳他心口一下，「你……」

她沒能繼續說下去。

因為艾爾的唇緊緊貼著她的。

他吻我了？小白本能的閉上眼睛想要專心體會，可是艾爾已經鬆開她後退。

她疑惑的張開眼，看著他近在咫尺的臉龐，「艾爾？」

聽到她呼喚自己的聲音是如此甜軟，艾爾心中的猶豫瞬間消失，低聲應道，「我在。」然後抓住她的雙肩，呼吸放輕，用嘴唇碰碰她的，像是蝴蝶和花朵之間輕柔的問候。

這次的親吻仍然淺嘗輒止，他再次拉開距離看看她。她微仰著臉，闔著雙眼，長長的睫毛被頂橙色的吊燈照著，尖端有金色溫暖的亮點，她的兩頰已經變成玫瑰色，嘴唇的顏色卻還是淺粉紅，剛睡醒的花朵般微微張開，像是在等待著他。

這種幾乎可以被理解為邀請的模樣，讓他以最具原始侵占性的姿態再次吻上她的唇。

片刻之前溫柔的試探，轉瞬間變成貪婪急切的吮吸輕咬，她唇齒間的酒香、甜苦的巧克力味被掠奪過來。

艾爾不知道，小白也像他觀察她那樣偷偷觀察過他。

在他緊緊擁抱她的時候，小白的眼睛張開一條細細的縫，看到他微微皺眉，表情像是個為某些說出來會令大人發笑的事情而苦惱的小孩子。之後，他的吻也讓她覺得他是苦惱的孩子——一個想一口氣把霜淇淋吞進口中又捨不得、所以只好一小口一小口舔舐的孩子。

不過，這個小孩很快就變得放肆貪婪，他的一隻手托著她的後頸，讓她只能接受他侵略性的行為，他的另一隻手把她抱得更緊，兩人之間幾乎不留縫隙。

艾爾的羊絨衫上還帶著點潮氣，這種潮氣混雜他身上特有的氣味和體溫，無孔不入的入侵小白的神經，讓她變得更柔軟、更配合，也讓她更緊張，在他更加主動的時候不能克制的發抖。

她像要溺水的人那樣，緊緊抱住他的頸項，他頸後的頭髮穿過她的指縫。

當艾爾托著她後頸的手滑到她腰上時，小白喉嚨裡發出悠長曖昧的一聲「唔……」，這種聲音類似某種提示，讓他覺得，這個帶著酒香與甜苦的吻似乎只是一個開始。

所以，艾爾順應本能，扶著她的腰，微微調整重心，十分自然的把小白壓倒在床上。

由坐著變成躺著的時候，小白才如夢初醒，她依舊矇矓迷醉的眼睛微微張開，看到艾爾抬起一隻手把他的毛衣脫下來隨手一扔。

「嗯？」喂喂，等等你想幹什麼？你想要做的不會和我想的一樣吧？

看到艾爾拉開襯衫釦子的時候，小白推開他，一骨碌坐起來，「你——」

「我熱了。」艾爾立刻一臉無辜，「怎麼了？」

「……」真的是我想太多了嗎？小白沉默。

「妳以為我要幹什麼呀？」不知道什麼叫見好就收的艾爾露出個讓她惱怒的笑容。

小白斜著眼睛瞪他一眼，把頭轉向一邊，滿臉通紅。

「嗯……」艾爾抬起頭看看吊燈，喃喃自語，「也許可以再一起吃塊巧克力。」

「嗯？」小白回過頭，他已經俯首過來，唇間帶著微醺的酒香在她耳邊低聲說，「這次吃我的吧。」

「唔……」

艾爾十分後悔為什麼沒有買最大盒的，那盒被壓扁的酒心巧克力一盒只有六顆，而且有兩顆直接碎在盒子裡。

還有一顆小白遞給他之後他抓在手裡融化了。

而且他還用那隻拿巧克力的手托著小白的脖子，所以……

「要不要我幫忙啊？」艾爾側臥在床上，一手支頭，看小白懊惱的拿著手帕站在梳粧檯前擦脖子上的巧克力。

她在他身邊坐下，把浸濕的手帕給他，「脖子，還有耳朵後面。」

「我知道！」艾爾歡樂的支起身子，把小白往身前一攬，呼吸吹在她耳後，他的聲音聽起來又天真又邪惡，「我會幫妳清理乾淨的……」他說著，舌尖已經舔在她耳背後面。

小白被這樣的刺激弄得全身顫抖了一下，從骨髓裡又軟又癢。

「別這樣！艾爾……」這種軟弱的哀求連她自己聽到都覺得沒有任何說服力，更何況是看到她臉紅顫抖的艾爾。

他抱著她側身躺下，手指拂過她耳畔的鬢髮，雙唇含了一下她的耳朵又鬆開，聲音低沉暗啞，「上一次妳也是這樣……是因為這裡特別敏感嗎？」他說著又吻過來，鼻尖蹭蹭她的耳廓，順著耳朵的曲線滑下去，吻在她頸項上。

在這種前所未有的羞澀和刺激下，小白只能蜷起身體小聲嚶嚀一聲。

艾爾的親吻讓她害羞的同時也充滿期盼，可又有一點害怕。她隱約覺得，出於他的男性本能，艾爾在某些事情上將會擁有絕對的主導權。

終於在她羞得快要哭出來時，他結束這個漫長的親吻，把她轉過來擁在懷裡，親親她的腦門和已經濕潤的長睫毛，「我們去吃飯吧！餐廳在一個小島上，有燭光和樂隊現場演出哦！」

這時小白才明白了麗翁的苦心，她從床上爬下來，把那套黑色的無肩帶小禮服拿進浴室換上，盤起頭髮，然後，打開那支香奈兒的口紅，把雙唇塗成櫻桃紅，踩上那雙一次都沒穿過的十公分的紅色高跟鞋。

艾爾第一次看到這樣的小白。

她只擦了一點口紅。但是因為皮膚雪白，那點櫻紅讓她在燈下更顯得黑眸幽深、肌膚勝雪。小白的身材比例本來就不錯，頭髮挽起讓她纖細的脖子露出來，穿的還是露出肩膀鎖骨的無肩帶黑裙和讓她看起來更修長的高跟鞋。

艾爾盯著她看了一會兒，滿臉都寫著「啊啊啊，我太幸福了我女朋友不僅可愛得讓我想要抱在懷裡亂蹭還漂亮得閃閃發光讓我想要……嗯嗯」。於是，他歡樂的撲過去把小白抱在懷裡舔舔舔，弄得她不得不再塗一次口紅，並且得用紙巾給他抹嘴。

小白披上和口紅顏色很搭的羊絨披巾，牽著她那隻不停對她吞口水的金毛狗到旅館的接待臺。老闆娘說馬可還在睡。

可憐的馬可到底經歷了什麼啊。小白借旅店的電話聯絡了緹娜，讓她來照顧馬可，然後和艾爾叫了計程車去享受燭光晚餐了。

艾爾讓司機把車開到了碼頭。

那裡停著一艘六十英尺的 Riva 遊艇，船舷上用深藍色的花體字漆著 Alfred。

艾爾帶著小白走上遊艇，她忽然想起他跑來旅館時說的話，「艾爾，你不會是開著它來的吧？」

「嗯。就是這樣。」他領她去駕駛艙，「因為麗翁說我最好找一個要坐船才能到的小島上的餐館。」

可是你也不用自己開著船來啊，你開了一整夜？還是在暴風雨裡？

小白站在艾爾身後，忍不住抱住他的腰，把臉貼在他後背上小聲說，「你這個笨蛋。」就算是單手能把地球炸毀幾百遍的ＥＴ也得注意安全呀。

艾爾側過腦袋嘻嘻笑，「覺得船長特別帥是吧？是不是突然想對我做些超出尺度的事情啊？」

小白氣得捏他腰兩側的肌肉，「閉嘴笨蛋！」為什麼會有這種總能破壞感動時刻的傢伙！

其實，就算艾爾不破壞她的感動時刻，小白對他又憐惜又無奈的浪漫感覺也持續不了太久了，因為——

他們的確是到了一個小島。從泊好船的時候就有人引著他們，一路介紹著小島的歷史，把他們帶去島上的古堡，在古堡的餐廳也的確是點著燭光，並且有樂隊。可是……

小白看看懸掛在頭頂燃著牛油巨燭的中世紀風格鐵圈吊燈，以及穿著維京海盜服裝的侍者抬上來的整頭烤豬和大牛腿，還有，樂隊現場演出也是維京風，鈴鼓、銅笛、牛皮鼓。

好像是覺得這樣還不夠粗獷，海盜侍者從腰後抽出亮晶晶的匕首，割了一大塊牛腿肉放在她面前，又給她的牛角杯斟上鮮紅的酒。

艾爾稍微有點忐忑，「妳覺得這裡怎麼樣？」

小白對他舉起比自己腦袋還大的牛角杯咧嘴笑，「很棒。」

呵呵呵，麗翁要是知道你最後選的燭光晚餐是這種效果的，恐怕會氣死。

吃完飯，餐廳的工作人員還給他們一人一頂維京海盜風格的牛角帽子當紀念品。

坐船回去之後，艾爾當然是不想讓她走了。

「從認識開始都沒有分開過這麼久！」他把腦袋靠在小白肩膀上撒嬌，「妳來這之後我都沒睡好覺。」

不過小白是不可能留在他的船上的。

「這裡離學校太遠了，而且論壇明天中午就結束了，我明天傍晚就到家。」小白摸摸他的腦袋。

「那我跟妳去旅館！我也住那裡。」

於是最後艾爾帶著他的背包跟小白回到旅館，老闆娘自從他們一進門就按捺不住八卦的心，她告訴小白，有個金髮姑娘來把馬可領走了。

當艾爾說他要一間房間的時候，老闆娘的眼睛在他們之間掃了掃，嘟囔了一句，「我沒聽錯吧？」

早上，在旅館吃了早餐，艾爾不得不和小白暫時告別。

他把她送到大學附近，親親她頭頂，下巴抵在她的小腦袋上，小聲說，「我會注意安全的。風向是順風，我傍晚就到了。還有……我會快點長大的。」

「嗯。」小白看著他坐進計程車，揮手遠去，她在心裡說，我也會快點長大的。

論壇結束後，在機場等候登機的小白收到了媽媽的回信。

「小白，媽媽也許不是最有資格給妳感情上意見的人，不過我猜這時妳應該已經和他和好了；如果還沒和好呢……那就去找他談談吧。很多時候，戀人間只要一開口說話，就會忘了你們之前是為什麼爭吵。媽媽。」

果然媽媽還是最棒的。

小白回覆了媽媽的郵件，說了艾爾船長安排的「燭光晚餐」，寫了一大篇廢話，發送出去。

這次，她升空之後沒有再感到那種胃裡空蕩蕩的難受感覺。

艾爾起航之後聯絡上了蘭尼，蘭尼問的第一個問題是：「感覺如何？」

艾爾不假思索，「酒心巧克力。」

「酒心巧克力？」蘭尼思索著構成這種味道的化學成分，又問，「還有呢？」

「嗯……很柔軟。」

「還有呢？」

「不想停下來。想要……嗯，你明白的。」

哈哈哈，夠了，看來他們兩人的基因適配程度和理論吻合。

「太好了，那我和盧斯向首輔大人和議會彙報這個的階段性的成果吧。」蘭尼興奮的轉換通訊頻道，「還有別的事嗎艾爾？」

「多準備點小白愛吃的東西吧。」

「好的。」

傍晚八點多小白的飛機抵達，在出口等著她的是麗翁。

小白撲過去給她一個擁抱，把牛角帽子送給她。

「這帽子是哪來的？」麗翁感到奇怪，「妳可不像那種出去玩還專門買紀念品的人。」

「是艾爾帶我去的那個餐廳送的。」

「啊？」她拿著帽子更疑惑了。

回到家小白也受到了熱烈的歡迎。蘭尼做了一桌子中國菜，都是她愛吃的。

艾爾到深夜才回來，他跑上樓，小白還在整理參加論壇的紀錄，立刻被他從書桌抱到床上啾啾啾。

小白很快發現，無論是在學校那種公共場合還是在家裡，只要有第三人在場，艾爾都十分守禮克制，親吻也僅限於在額頭臉頰，一觸即走。艾爾似乎認為床上才是親吻應該發生地方。

這倒是小白始料未及的，她猜測可能這是皇室的矜持？

嗯……她錯了。

艾爾喜歡在床上啾啾啾大部分的原因是出於賽德維金人的傳統文化薰陶。在他們的星球，情侶啾啾啾之後就該啪啪啪了，所以最理想的地點當然就是在床上。

首輔大人在得到蘭尼和盧斯的報告前就收到了艾爾的私信，和上一份一樣是赤裸裸的臭美語氣。但這次信寫得挺長，加入了不少從地球學來的修辭方法，什麼「她的雙唇柔軟嬌嫩一如在夏日陽光下成熟的甜美櫻桃」之類的，以及一大段用賽德維金人的眼光來看堪稱淫靡，志在挑逗讀者情欲的詳細心理、感官描寫。

總之，務必要讓哥哥羨慕嫉妒恨。

這目的也的確達到了。

首輔大人在看完艾爾送給他的加密私信之後，把落寞的目光投向窗外遙遠的星空。

然後，他按下桌子上的一個通話按鈕，「瑞恩，通知洛特將軍，下一次的議會由他主持，我打算利用自己的年假去巡視。」

「請問大人是去哪裡巡視呢？需要準備什麼規模的艦隊？」

「……」

地球怎麼樣啊艾爾？你最近好像過得很不錯嘛！

第４０章

童話不總是美好的

在地球準備迎接第一個春天的艾爾，對帝國某支艦隊的祕密移動一無所知，他沉浸在熱戀之中，雖然窗外寒風依然肅殺，可他每天過得比花兒還香、比蜜還甜。

對於兩人肉體親密程度加深所帶來的愉悅，小白的感受並不像艾爾那樣強烈，但是，她和他一樣，隨著日光漸長，開始每天處於興奮之中。她根本不覺得累，不想睡覺，也沒什麼食欲，可無論做什麼效率都不太高，非要努力集中注意力才行。

起初她懷疑這是不是和ＥＴ戀愛給她帶來的某種精神影響，就像最初遇到艾爾時噴鼻血一樣。不過，等問過麗翁，又在網路上查了查，小白才確信她這種亢奮的狀態就是熱戀階段的常態。

不過，幸運的是，這種狀況會隨著情侶間的關係進入穩定期而逐漸消失，這讓她感到放心的同時又有點惆悵和不安。很多地球人的第一次戀愛都無法平穩過度到穩固長久的階段，她和他，都是第一次，又來自不同的星球，會比大多數人幸運嗎？

三月初，一場遲來的大雪覆蓋了整個城市。

不過，高緯度地區的春天往往也是以一場雪開始的。白雪消融時，艾爾弗蘭德1號的小山坡上飄著暖融融的花香，蜜蜂嗡嗡嗡的到處飛著。

在這一片春光裡，小白接到了一通來自媽媽的電話。

她正在上下午的第一節課，奧拜託教授食指空戳念叨著肽鏈，艾爾趴在她身邊睡著，她口袋裡的手機突然開始震動。

通常媽媽不會在這個時候聯繫她，一定是有什麼很重要的事。

小白看看趴在桌上睡得正香的艾爾，離開教室，走到教學樓後門的臺階邊接起電話。

「小白嗎？我是媽媽。我剛才送了離婚協議去蘇氏。」

「……哦。」

「我已經拿回屬於我們的東西了。」

「哦。」

「過兩天會有一些移交股權的文件和律師授權書讓妳簽，收到後盡快簽好寄回來。」

「好的。」

電話另一邊沉默了一會兒，媽媽又說，「妳要小心。」

「嗯，我會的。妳也是。」

媽媽沒再說話，掛斷了電話。

小白坐在臺階上，握著手機，久久沒有動作。

艾爾找到她的時候，她才覺得身體很冷。

「小白？妳怎麼哭了？」他在她身邊坐下，探出手給她擦淚。

心裡的委屈和難過在艾爾碰到她的那一刻爆發，她用力抽噎了幾下，哽咽著說，「別叫我的名字！別叫我小白！我討厭蘇小白這個名字！」

這種奇怪的要求讓艾爾發愣，但他馬上把她擁進懷裡，臉頰貼著她的太陽穴，輕輕撫摸她的頭髮。

有時肢體的實際安慰比任何語言更有效果，小白抓著艾爾的衣襟繼續哭叫，「他們已經分開了，他們現在是蘇先生和白女士，可是——可是，我還叫蘇小白。」

那個姓蘇的男子娶了位姓白的女子，他曾經是那麼愛她，把他們的女兒命名為「小白」，一個小一點的她。

一度作為愛情結晶證明的名字，現在見證的是一個不打算被延續的承諾，可是她卻要背負著它走完一生。

她抬起頭，哭得嗚嗚咽咽，「我還是……得叫……蘇小白。」

「不管妳叫什麼，我喜歡的是妳。」艾爾從口袋裡拿出手帕給她擦擦臉，「連流鼻涕都很可愛的妳。」

小白破涕為笑，愣怔一下又大哭起來。

她靠在他身上哭了很久，總算忍住淚，平靜下來。「艾爾，現在幾點了？我要去一趟銀行。」

在去銀行的路上，小白終於告訴艾爾她那筆一直放著沒動的錢是怎麼回事。

「我爸媽的故事在這星球上很普通。他們相愛，結婚，一起創業，後來，愛情漸漸變冷變淡，他們各自有了不同的興趣。結局一點也不美好。

「直到去年暑假的時候，我才知道我的學費和生活費一直是我媽媽用她的私人儲蓄付的。蘇先生在三年前已經和白女士決裂了，所以她才送我來這讀書。

「這三年白女士也沒閒著，她覺得她和蘇先生一起建立的公司有一部分是屬於她和我的——具體是怎麼操作的我一點也不清楚，可能她也不想讓我知道——總之剛才她告訴我，屬於我們的那一部分她已經拿到了，很快會寄一些文件給我簽……」

艾爾緊緊握住她的手。他垂下頭，在人來人往的大街上，第一次旁若無人的用力抱住她擁吻。她很短暫的震驚一下，立刻放棄了掙扎的打算，因為那個吻的熱烈程度，像是能把她的靈魂從身體裡吸出來。

當他終於鬆開她，小白要在艾爾劇烈起伏的胸口前靠一會兒才能站穩。

她仰起頭，看到艾爾不僅臉頰通紅，連脖子耳朵都是紅的。這大概是他有生以來第一次拋卻皇室的莊重吧？這時如果地上有個洞，他一定會毫無猶豫的跳進去的。或者給他個牆縫也行。

「你……」小白有點促狹的笑了，「原來你是這麼羞澀的人啊。」

「才不是！我很無恥的！」艾爾說著抓住小白的手往前疾走，一臉正義嚴肅凜然不可侵犯。

「喂，走過頭了。」小白指指他們剛才表演「是情侶就應該這樣啵啵啵！」的地方，那裡正是皇家銀行其中一間小分行的大門。

艾爾的臉瞬間再次通紅，「換、換一間！」

「可我就是很想去這間怎麼辦？」小白歪著頭看看羞憤異常的艾爾，心情十分愉悅。

真是弄不清艾爾的邏輯，為什麼在沒別人的時候就特別無恥，一旦出現在公共場合就特別的矜持害羞呢？

小白後來才瞭解，在賽德維金人遭遇人口危機之後，為了減輕社會壓力，盡量降低對男性公民的刺激，一切有關「愛情」的影視訊息、雕塑、繪畫等藝術作品都被束之高閣，擁有自然配偶的皇室成員更是做出表率，從未和配偶在公眾面前做出任何親暱的舉動。

在這樣環境下長大的艾爾對於當街熱吻的態度可想而知。

小白拉著艾爾走進銀行。她把媽媽給她準備的錢分成幾筆，分別辦成一年、兩年、三年的定存。

她一邊給存單簽字一邊向艾爾解釋，「之前我不動這筆錢，是擔心媽媽可能會需要它。」她嘆口氣，「現在看來，富有又即將恢復單身的蘇女士，也許很快會有新的追求者。」

她突然愣一下，那麼，蘇女士會不會再婚呢？

坐在她旁邊的艾爾只以為她還在傷感，他想的是，也許帶小白出去玩她會開心。復活節的假期有兩週呢，也許可以帶她去湖邊，嗯，摩天輪也不錯啊。

第41章

被閃瞎的蘭尼

自從當街表演「情侶就該這麼啵啵啵」之後，艾爾的道德彈性變強了許多。他終於想起中文有句成語叫「入鄉隨俗」。

然後蘭尼同學就邊哭邊抱著他的美少女模型說自己要搬出去了。

蘭尼最近走進廚房、客廳，甚至大門，就冷不防看到他家王子殿下渾身散發著雄性費洛蒙，以各種流氓姿勢抱著一個漂亮少女啾啾啾，有時候還把人家親得小聲嬌喘，連眼淚都快流出來了……

天啊！這讓他情何以堪！

某天他實在受不了了，私下跟艾爾提了一句，「喂，你能不能試著保持皇室成員的矜持啊？」

艾爾很認真的回覆，「我盡量了啊。你沒發現我還停留在親親的階段嗎？」

蘭尼想了想，覺得是時候讓他們獨處了，艾爾一直停留在這個階段，也許是因為小白覺得家裡還有另外一個人，所以在害羞。

於是蘭尼向盧斯彙報，申請給他資源，另立門戶，搬走。

盧斯很快批准了，他說首輔大人早就為下一步計畫的實施準備了一個太空艙分子核，可以隨時隨地使用，但他建議蘭尼把新家建在艾爾和小白現在的住所旁邊。

第二天早餐時，蘭尼在餐桌上宣布他要搬走，小白聽到的第一反應是錯愕，然後立刻臉紅了。她大概猜得到蘭尼為什麼要搬走。

本以為這是艾爾授意的，沒想到他也有點驚訝，「你走了誰做飯啊？」

「混蛋，我是你的參謀官，不是管家和女傭！」蘭尼氣得翻白眼，他用力握住手裡的叉子，「而且，更多難民從卡寧星系聯盟跑來地球了，還有不少在著陸之後選擇我們的區域定居。

「博端現在巡邏的範圍更大了，他要求把索拉菲烈也調過來加強防衛。恐怕要讓駐在月球的機動部隊進行空間管制，在新的協議達成之前不能再讓異星人登陸，但這樣一來敵方很快就會有『你在地球』的猜測。」

「所以呢？」

「所以首輔大人決定再祕密派遣一隊護衛隊來地球。他們會接手我們這一區的防衛工作，統計註冊所有在我們區域裡定居、活動、停留的異星人，排除任何潛在的危險。」

從剛才開始小白就沒出聲，她的右手放在桌下，輕輕握緊。排除任何潛在的危險是什麼意思？

艾爾沉默一會兒，一隻手伸到桌下握住小白的手，用陳述性的語氣對蘭尼說，「戰爭會在夏天來臨前結束。」

蘭尼也察覺小白的不安，「我不會搬得很遠啦！就在外面。」他指指窗外林子旁邊那塊空地，「只是我和其他特遣隊員們可能會經常性的集合，作息時間不定。」

他說完想了想，又補充一句，「要是妳有什麼事，站在視窗喊一聲我就聽得到了。」

想到蘭尼要搬走，小白看起來有點像個第一次被送到幼稚園的小朋友。

蘭尼被這種有點無助茫然的眼神軟化了，他正想著「哎呀小白果然還是……」就聽到她說——

「那你走了誰做飯啊？」

蘭尼好久沒寬麵條淚了。

為什麼？我在你們兩個心裡的定位不是摯友嗎？不是可靠的後盾嗎？為什麼是帶著飯菜油煙味的老媽子！

蘭尼的新房子在兩天後建好了。

小白見證了整個過程，客觀的說，那過程十分噁心。那顆像珠寶一樣的可愛豆子，好像在土裡變成了一隻不停往外吐黏液的蟲子。黏糊糊的膠狀體匯成幾條線，向各個方向延伸，搖搖晃晃的擴大、長高、延展成面，然後聚攏，像一坨巨大的果凍似的，漸漸變得不透明，最後終於看起來有點像地球建築的樣子。

這和她設想的畫面相距甚遠。

新房建成之後，蘭尼指揮小機器人把他的寶貝一件件搬走。這個搬動的過程倒是挺有趣的。特遣隊員們都來了，每個都抱著雙臂站在一邊，不幫忙只吐槽。

搬家完成那天傍晚，大家在蘭尼的新家用餐。

小白看到新家的布局就知道，這地方以後會被當成幾個特遣隊員的宅基地。

客廳布置得讓人彷彿走進了一間販售美少女模型、遊戲光碟和各種電子產品的大商店，不，是大商店的ＶＩＰ顧客體驗中心。

慶祝蘭尼搬家之後，艾爾暗暗竊喜他終於可以和小白獨處了，但他沒高興多久就發現自立門戶十分麻煩而繁瑣。

雖然絕大多數的家務可以交給小機器人來做，但食物材料還是要親自去買。而且賽德維金人消耗的能量比地球人多得多，尤其是對要集中精力盡早結束戰事的艾爾來說，如果要維持食物的新鮮度和菜色豐富程度，那麼，他幾乎每天都要去超市一次。

所以，自己做了兩天飯後，艾爾拉著小白，沒出息的每天晚飯時跑去蘭尼那裡，然後摸著被餵飽的肚子幸福的回去啾啾啾了。

自從蘭尼提醒越來越多的異星人紛紛逃到地球之後，艾爾就不再每天跟著小白去學校上課了，他大多數時間留在艾爾弗蘭德1號專心指揮。這樣一來效率自然提高了，但他和小白在一起的時間也比原先少了好多。

大概是因為這樣，所以他比平時熱情大膽很多。

這天在蘭尼那裡吃飽喝足，兩人手牽手回去看電視，節目照例是他們兩個都很喜歡的發現頻道。

但是那天的節目比較特別。

嗯……wild sex 這個名字真是名副其實啊，先是一對北極熊在雪原裡打著滾嬉戲，然後，碎雪翻飛……

接下來是藍鯨大海戰，兩頭雄鯨爭奪一頭雌鯨，然後，水花四濺……

看到北極熊那一段的時候，艾爾似乎是有點震驚似的突然抱緊小白。

「怎麼了？」小白看看他，「你害怕？不會吧？」

艾爾臉紅紅的搖搖頭。

鯨魚出現時，艾爾喉嚨裡發出個猛然吞咽時才會有的聲音。

小白轉過頭，「你……」

她才說了一個字就被他抱起來放在膝上。不是平時那種抱玩具熊的抱，而是面對面的抱。

艾爾的唇微微張開，輕輕貼了上來，她張開唇去迎合他。他把她拉得更近，雙手握著她纖細的腰，把她身體向下壓……

這時候小白才明白為什麼剛才她會覺得這種跨坐的姿勢不太妥。

他和她幾乎親密無間，不僅唇齒相依，兩顆心隔著彼此的胸腔在對方胸口跳動，而且，她最為敏感柔軟的地方還緊緊貼著他的……

出於少女害羞的本能，小白微微掙扎一下，卻沒想到這種平時彷彿幼獸間嬉鬧一樣的掙扎，在這時已經徹底變質。最細微的磨蹭親暱都被無限放大，艾爾喉中逸出一聲低低的呻吟，她自己也被她從未嘗試、難以言喻的快感擊中，發出了一聲聽起來很怪的聲音。

她趕快摟住艾爾的脖子，把臉藏在他頸窩裡一動不動。

過了一會兒他小聲叫她，「小白？」

「嗯？」她感覺到艾爾的手指正沿著她的脊柱向下緩慢滑動。

「我能不能……？」他貼在她耳邊低語。

「什麼？」小白一下坐正，抓住艾爾的脖子把他推遠一點，「你說你想幹什麼？」

他一臉無辜，就像問她「我能不能再吃一個霜淇淋」一樣理直氣壯地又說了一遍自己的要求。

「啊？」小白幾乎石化了，她瞪著他一會兒，終於確定他說的就是她聽到的，含羞帶怒的輕拍他的腦袋，「不行！」

艾爾被她拍得歪一下頭，仰起臉討好的對她微笑，「那給我看看可以嗎？」

「變態！」小白從他身上跳下來轉身就走。沒邁出第三步又被抱回去蹭蹭蹭。

艾爾像個小孩一樣黏在她身上撒嬌，他趴在小白腿上，歪著臉看她，抓住她的手放在自己手心把玩，「別生氣嘛。」又把她的另一隻手放在他腦袋上，「給妳摸摸頭。」

小白把他柔軟的金髮揉亂，噗的笑了。

ET表達愛意的方式似乎直截了當得讓人尷尬。

小白忽然嚴肅起來，「艾爾，我一直想問你，你們和我們沒有什麼太大的生理構造上的不同吧？」

「嗯？」金毛狗從她膝蓋上抬起頭，眨了眨眼睛，「妳是在說……」

「啊，是的。就是你們的（嗶——）和我們地球人有不同嗎？」小白用的是正經的學術詞語，她的問題可是很嚴肅、很學術的。

艾爾嘻嘻笑了笑，有點輕佻的斜眼看她，「那個時候妳不是盯著它看了好久嗎？怎麼？沒看清楚還想再看嗎？我隨時都可以……」

小白惱怒的斜睨他，「不用！我知道外形上看起來沒什麼太大的區別，可是那個時候我還看到了觸角呢！」她說著說著臉紅了，話也變得斷斷續續，「呃……我想知道的是，你……你不會有什麼隱藏功能沒告訴我吧？」

艾爾愣住了。似乎沒想到她會有這種猜測，他呆了呆才呵呵笑了，「哦，那個啊。那是因為當時我做了分子傳送，為了迅速適應地球的環境，身體的分子會先組成這個星球的低階生命形式，然後慢慢轉換。」

小白回憶一下那時的情景，「是這樣嗎？可是你好像一下子就從無脊椎的軟體動物進階到哺乳動物了啊。你沉下去，再次浮出來的時候是一隻雄鹿。」

艾爾反問，「這有什麼奇怪？我是在適應環境，又不是在做進化史演示。」

「哦。」小白接受了這個解釋，想了想又覺得不太對，「可是後來我還看到了很多根本不屬於地球的生物。」

「那是因為我並不是第一次以分子傳送的方式在星際旅行啊！」艾爾說得理所當然，「那些是我到過的別的星球的記憶，在傳送之後整合就會出現。」

「是這樣嗎？」小白還是對他的回答不太滿意，「為什麼我覺得你在說謊？」

「哎呀人家沒有啦！」艾爾撲過去把他邏輯縝密的女朋友壓倒，「來啾啾嘛！」

「唔……」小白被艾爾親得迷迷糊糊的，沒法繼續追問觸角和隱藏功能的事。

蘭尼得知小白問起賽德維金人的生理構造和地球人有什麼不同，開心大笑，他笑了一會兒愣住，「喂——艾爾，她這麼問的意思是什麼你不明白嗎？」

「嗯？什麼？」艾爾盯著他面前的光屏，忙於指揮。他只把這事當做可愛又好笑的戀愛小花絮。

「那就是說，她在為和你完成交配做心理準備啊！」蘭尼一掌把他家笨蛋王子的腦袋拍得歪到一邊。

「啊……啊？」艾爾轉過身，俊臉已經變得通紅，「是、是真的嗎？」

「當然了。」蘭尼收斂笑容，沉思一下，「我這就和盧斯商量，準備些資料給小白看。」

「資料？」

「對，最好是圖文並茂淺顯易懂的！」蘭尼內心流淚狂喜，哈哈哈哈，我蘭尼．勃列特就要成為自人口危機發生後，幾千年內第一位賽德維金H漫畫家啦！

「等等，等等！」艾爾對明顯陷入幻想的蘭尼揮手，「這些東西不應該由我跟她講解嗎？」

「當然是由你去講！說不定她看到一半想要看實物呢！然後順便想摸一下實踐一下呢？」蘭尼說到這兒呼呼笑起來，「小白這種有嚴謹科學態度的人，說不定會把我編的材料當說明書，按照步驟一步步進行實踐！嗯嗯，這樣的話除了理論知識，我得再加點實踐的部分。」

「啊……實踐……」艾爾也陷入幻想了。

「喂！喂！喂，艾爾，你流鼻血了。」

盧斯得知蘭尼要編纂賽德維金H漫，十分支持，但他同時對艾爾殿下的身心健康感到擔心，「殿下，請您務必自持。」

擦掉鼻血的艾爾擺出端莊高貴冰雪之姿，「請你們放心。」

三人討論H漫的綱要之後，蘭尼提到，「對了殿下，上次你在我書桌上放了一張紙條，上面是一個提供特殊服務的廣告……」

「哦，對了，你查到那個人的身分了嗎？」他早把這事給忘記了。

「查到了。」蘭尼調出一堆資料，「他是個從雪巴星來的異星人。」

「那顆星球一千年前不是就毀滅了嗎？」

「是的。這個人來地球的時間很可能比我們還久。」蘭尼的螢幕上投射出幾張不同時代的照片，全是大學的畢業照，服裝不同、時代不同，可是人都是同一個。

「他現在在鄰近城市的O大念博士學位，攻讀微電子。在這之前還有很多，甚至還研究過歷史，博士論文寫的是某個歐洲皇室某一時期花在服裝上的費用和國民財政的關係。」

艾爾把這事告訴小白，問她該怎麼跟麗翁說，那傻瓜還想繼續和這個異星人做交易呢。

小白想了想說，「我們去見見他。他的星球是怎麼滅亡的？」

艾爾沉默了一陣才回答，「如果你們星球的人繼續現在這樣的生活，就會像他們那樣滅亡。」

「我懂了。」小白嘆口氣，「好了，我們去見見那個天才ET。」

「為什麼要去見他啊？」

「我想讓他加入新實驗室。物盡其用嘛。」小白想想又說，「我已經決定了，今年暑假看看能不能申請實習的工作，然後請系主任當我的導師，我要留在這裡念博士。這樣的話，新實驗室也是我的實驗室了，厲害的人當然越多越好。」

艾爾聽到這裡撲過去抱住小白啵啵啵猛親，他明白她在表明將要留在艾爾弗蘭德1號，她的未來在這裡。

沒等他高興太久，小白接著說，「還有，我打算在復活節假期的時候到披薩店加班，大叔說他那時候正缺人呢。」

艾爾立刻蹙起兩道劍眉，「不能不去嗎？我還想帶妳去湖邊還是高地玩呢。」

「不行！」小白知道他接下來必然會黏在她身上撒嬌，果決的站起來就走，「我得在夏天到來之前存夠一千英鎊。」

果然，金毛狗跟在她身後耷拉著耳朵嘟囔，「湖邊很好玩的！我們可以坐我的船去，還可以釣魚。或者開車去高地也很好，可以露營。再不然去摩天輪嘛！摩天輪……」

他還想繼續，蘭尼突然跑來拍門，「艾爾！那個天才星人到山下了。」

第４２章

天才星人

那個天才到山下了？

小白「嗖」一下鑽進艾爾懷裡，「他主動跑來了？怎麼辦？」

艾爾安撫性的拍拍她的肩膀，「讓他進來吧。剛才好像有人還說『她』的實驗室這種人才越多越好呢！還有……」他把她的下巴托起來，眼睛笑得彎成月牙，「麵包店老闆夫婦其實可以一拳打飛一輛裝甲車喲，妳還自己跑去買麵包呢！」

「嗚！」小白緊緊揪住他胸前的衣襟，淚眼汪汪，「為什麼我去的時候你不說？」

「啊，不怕不怕，他們知道妳是我罩的，說不定還給妳打折呢對不對？」艾爾嘻嘻笑著，可還是被揪住頭髮猛拉兩下，「要我告訴妳那間妳原來一直去的洗衣店的事嗎？」

「那家洗衣店怎麼了？」

「老闆娘不僅做地球人生意喲。」艾爾整理整理他被抓亂的頭髮，「她的洗衣店還為喜歡使用『地球人皮衣』的異星人提供清洗保養服務，妳沒看到寫在牆上的字嗎？」

小白打了個冷顫，「那老闆娘……」

艾爾含笑點頭，「沒錯。」

歐買尬的！我一直以為老闆娘每次見到我，都是真心誠意的在誇我皮膚好呢！

「嗚！」小白再次縮到艾爾懷裡。

「嘻嘻，別怕。喜歡天天換新衣服的異星人很少的。」艾爾抱住她的小腦袋親一下，「而且……他們不敢惹妳。」

小白不知道，她第一次見到艾爾時聞到的那個類似雨後松林的氣味，已經給她打了一個記號。她每天和艾爾在一起，身上帶著賽德維金男性求偶時所散發的誘導素氣味。大多數異星人嗅覺要比地球人靈敏，誰都不想去招惹賽德維金人。

小白又盤問了一會兒她周圍到底還有哪些異星人。

艾爾笑著說，「想知道嗎？妳讓我在妳胸口上趴一會兒就告訴妳！」

他們糾纏了一陣子，蘭尼受不了了，於是他嚴肅的咳嗽一聲，提醒他家殿下注意形象，保持皇室成員應有的儀態。

艾爾和小白聽到咳嗽聲相視一笑，拉著手走進客廳。

精通歷史、法律、神學、天文、地理、生物、微電子，全知全能的天才星人，或者按他自己介紹的，奇路．希亞同學，從進來之後就一直綿羊似的乖乖坐在沙發上，低著頭，偶爾扶一下鼻梁上的眼鏡。

他看起來和普通大學生沒什麼區別，除了皮膚特別白皙而且秀氣得有點像女孩子之外，根本看不出來在地球上生活了快兩百年。

蘭尼咳嗽一聲，想打破尷尬的沉默，可是綿羊同學立刻哆嗦了一下。

呃……既然這麼害怕為什麼還主動跑來拜訪啊？小白溫和的開口，「你很喜歡你現在學習的科目嗎？還是所有你學過的科目都喜歡？」

綿羊同學愣一下，似乎沒想到會有人問他這種問題，「嗯……最初的時候是因為想要快點融入地球人的生活，所以決定找一個人口流動速度快、每個人對其他人的家庭身世都不關心、而且怪人很多的地方住下，一邊熟悉這個星球的人文環境一邊學習謀生的技能。」

「嗯。」小白點點頭，大學確實是符合這些條件的地方。

綿羊同學低著頭繼續說，「可是我很快發現，由於自然環境的劇烈轉變，再加上我買的擬態器出了問題，我的外貌一直沒有任何變化。而賣給我這個擬態器的斯賴爾星人又不肯退貨，也不保修，非讓我再買個新的。第一，我絕對不認同這種商業道德，向他們屈服就是鼓勵他們的不良行為；第二，他們的技術水準很難讓人再次信任，再買一個也難免出現同樣的品質問題；第三……」

小白看出來了，奇路同學和蘭尼是一個類型的，一緊張就嘮叨。不過人家不愧是天才，連嘮叨時都嘮叨得那麼有條理有邏輯！

她繼續忍耐綿羊的囉嗦，有良好教養的兩位賽德維金星ＥＴ不可能打斷女士參與的談話，所以艾爾和蘭尼也忍耐著。

「……擬態器這種東西沒有太高技術成分，我以為，如果我學習了工程學，應該可以自己進行修理，所以在畢業之後去另一所大學念了工程。但是沒想到……」

「……電子學也畢業了之後……」

「……精通了醫學的話……」

「……有了化學方面的知識……」

「……那麼從法律角度來說……」

「……其實一切都可以用哲學來解釋……」

聽到這兒，就連小白也對全知全能的天才有點不耐煩了。

艾爾看到她皺眉，立刻對蘭尼使了個眼色。

蘭尼在他家殿下的示意下輕咳一聲，「咳。」沒禮貌的事都丟給手下去做啊你這個皇族混蛋。

綿羊同學打了個哆嗦，住嘴了。

「所以說，你後來是對地球的各個學科產生了興趣？」小白趕快把話題轉回來。

「不。我到處上大學是基於這幾個原因：第一，大學人口流動性很強；第二，對於不會變老的我來說，混跡在學生中間就像把一片樹葉藏在樹林裡一樣安全；第三，大學其實是個很容易求生的地方，只要會寫功課就能糊口。

「到了後來我只要把電腦科學的知識好好運用，就可以不斷拿到新身分，很多科目我都是第二次念，成績優異申請獎學金也不是問題，再幫一些不愛學習的學生做做功課賺點外快，我生活得很幸福。」

綿羊條理分明的陳述完，抬頭看看小白，又迅速的看她身旁的艾爾一眼，再次小媳婦狀低下頭，「直到……」

直到我們發現你。

「雖然很害怕，但還是覺得主動一點會比較好，我聽說賽德維金人對於主動配合的人都很寬容。所以，我現在想知道，你們打算對我做什麼？」

小白轉過臉，看到艾爾手肘放在沙發扶手上，拳頭支著下巴，一副「我無所謂」的樣子。

呃……

她發現艾爾在對待異星人的時候好像……都表現得挺渣的。

當然了，在平時，賽德維金帝國第二王子哪有時間和耐心去接見這些銀河小角色呢？跟他家殿下一樣，對地球人很溫和的蘭尼在異星人平民面前態度也十分囂張，他簡短的說，「你今年博士畢業之後就申請加入牛B大學的新生物實驗室，具體事宜會有人聯繫你。」說完對綿羊同學揮揮手，眼神裡寫滿「你可以滾蛋了，沒事別再來了」。

而可憐的天才同學在那種目光下只會打哆嗦。他猛力點頭，一個字都沒再囉嗦就告辭了。

「看來麗翁以後可以放心的讓他提供服務了。」小白站在窗外，看到奇路在樹林中以她難以想像的速度飛奔，彷彿身後有獵豹在追他。

艾爾還是一手支著腦袋臥在沙發上。

「喂——」小白推他，人都走了還在這兒裝什麼酷啊！

「蘭尼，我想抽調幾個月球機動部隊的人來這裡。馬上讓他們加入日常防衛和巡邏。」艾爾坐正。

蘭尼也一臉嚴肅，「我也這麼認為，很有必要。」

「你們在說什麼？」

兩個ＥＴ同時對她露出「哦呵呵妳這個孩子好天真！」、「大人的事妳就不要管了！」的慈祥笑容。

其實，不管是即將進入新實驗室成為她同事的雪巴星倖存者，還是麵包店星人，還是那些陸續到達地球的異星人，幾乎每一個都可以一拳打穿脆弱的地球人的胸腔，或者……一口囫圇吞掉他們。

儘管奇路．希亞表現得害怕而馴服，可是很顯然，他並沒有完全說實話。他容顏不老的原因並不一定是因為他的擬態器出了問題。

在宇宙百科全書上，關於那顆已經毀滅的雪巴星，有一段是這麼寫的：「該星球上最高級的智慧生命可以通過捕食，擬態成該種生物，只要繼續進食同類生物就會保持擬態不變。他們的真正形態始終是迷，星球毀滅之後更無從確認。」

吃掉獵物之後偽裝成同類混跡其中，就更容易捕食了。他們是真正的披著羊皮的狼。所以這種武力值並不比地球人高太多的異星人，才會一度在宇宙中繁殖得很好。

賽德維金駐月球機動部隊收到艾爾弗蘭德特遣隊的命令，隨即派遣了兩名隊員到地球。他們在適應新身分之後將會加入新實驗室，暗中保護某個想要和隨時能吃掉她的異星人做同事的傢伙。

第４３章

哥哥大人駕到！

如果說三月中旬的英國是整個地球最美的地方之一，似乎不算太誇張。這個時候氣候溫和，雨水輕柔得彷若情人間的碰觸逗弄，充滿溫馨和情意。在這樣的雨滴的澆灌下，各色鮮豔的花朵紛紛開放。

花香似乎無孔不入，不過，春風唯一吹不進的地方大概就是這裡——擁有幾百年歷史的大學主樓大廳，現在也是考場。不用說，這肯定是霍斯教授搞的。

考試結束，從考場走出來的麗翁一如既往的面如死灰，小白一如既往的拍拍她的肩表示不能同情。

「我完蛋了。」麗翁茫然四顧，「艾爾呢？」

「他考完就走了，這時候應該到家了吧。」

「你們復活節要去哪玩？」

小白皺著眉瞪地板。「麗翁，是不是春假不出去玩不正常？」

「……」還以為他們從瑞典回來之後就相親相愛了呢。麗翁看看苦惱的小白，「哈哈哈，也不是說不出去玩就不正常，可是……這麼好的天氣，妳不去玩不是很可惜？」

「可我想趁這個假期多打點工，我要在暑假之前存夠一筆錢。」

「要這筆錢做什麼啊？」小白家裡的事她已經知道了，她實在無法理解既然已經有了那麼一大筆錢，為何還要拚命打工。

「嗯……是為了……」小白支支吾吾了一會兒，臉紅了。

麗翁嘆氣，又勸她死腦筋的閨蜜，「就算不想花太久的時間去太遠的地方，難道妳就不能做點三明治，拿張小毯子跟艾爾野餐嗎？」

「這主意不錯！不過三明治恐怕還得由艾爾做。」小白終於笑了，「我們根本沒想過可以在附近玩。艾爾這幾天一直吵著要去約會，考試之前還在跟我吵，然後考完試就不見了。」

「……」呵呵呵，我知道。艾爾說了，乾脆把那家披薩店買下來當妳老闆！

從來沒準時過的姨媽來看她了，小白腹部隱隱作痛，她走進浴室，換下衣服，站進浴缸裡，轉開熱水。

她站在淋浴間裡享受燙燙的熱水，突然間一陣頭暈，然後，她意識到，很顯然，這不是她有了什麼急病，而是整間房子正在震動。

這種似曾相識的感覺……她低下頭，看到腳下的浴缸正逐漸變成半透明的。

哦蘭尼！你不是說已經不搞什麼樣本收集了嗎？我又被騙了！

腳底下的浴缸再次變成半透明果凍，這次，小白依然試著抓住自己掛在浴缸旁邊的浴衣，和上次一樣，沒能成功。

「啊——」雖然是第二次了，可小白還是本能的尖叫一聲。不過這次她只叫了很短暫的一聲，就趕緊閉緊嘴巴屏住呼吸。

「撲通——」她又一次掉進了那個裝滿奇怪黏液的浴缸。

小白掙扎著坐起來，撥開被溫熱黏液黏在臉上的頭髮，心中十分疑惑。

毫無疑問她又掉進艾爾房間的浴室了，可是自從他住進來，那個浴缸一直都是十分正常的地球狀態，除了形狀仍然有點奇怪。

那麼……誰來告訴我，為什麼這個黏答答、閃著奇異瑩光的液體又出現了？

她很快知道了答案。

就在浴缸的另一端，有一個生物正緩緩浮出水面，它身上也覆蓋著這種黏糊糊、不透明、說不上來是什麼顏色的液體。

小白的第一反應是：艾爾是不是得定期泡黏液分子化，才能更適應地球的環境啊？

然後她意識到自己沒穿衣服。

啊啊啊太害羞了！我還沒準備好呢！

再接著她驚恐得打了個哆嗦，這是分子傳送器，艾爾沒事定期分子化幹什麼？而且他剛才根本就不在房間！

如果不是他……那……是誰？或者說，那是什麼？

這時，那個生物又沉入水面。

小白的心跳在這一刻好像停住了。沒等她的大腦做出任何有效的指令，浴缸中的黏液湧動了一下，似乎水下有不知名的巨獸在游動。

隨即，在她身前的水面像被撕開的薄膜一樣分開，汽化出一片炫目的美麗顏色。

她驚恐的盯著那個逐漸浮現輪廓、距離她只有十幾公分的生物。

這個生物沒有露出蝸牛的觸角，或是雄鹿的角，他直截了當的露出雕塑一樣的頭顱，上面有極為俊美的五官。

它，或許現在應該稱他，是一個男人。

他的臉龐在那些液體不斷汽化、消散成薄霧後漸漸變得清晰，他像是要看清她似的，微微向她湊近並仰起臉。

看清他五官輪廓的時候，小白幾乎要叫出「艾爾」，可是，在他睜開眼睛那一刻，她知道，他不是艾爾。

他的眼睛也是漂亮的碧綠色，可是深邃莫測。被他凝視的時候，她忍不住開始發抖，心臟跳得像是隨時會把胸腔撞開。不知為什麼，他看她的樣子讓她想要用雙臂抱住自己蜷起的膝蓋，可是她又不敢在他的目光籠罩下有任何行動。

她只能保持她掉下來時的姿勢，和他對視著。

她看到他流露出一種類似迷惘的神情，隨即，他薄荷糖顏色的瞳孔呈現微微擴散的狀態。

第一次見到艾爾時，她聞到的那種狂放不羈、充滿野性，只有在遼闊的原野和人跡罕至的森林才會有的氣味迅速縈繞在她周圍。

小白張開嘴，想說點什麼，可是，這個隱隱瀰漫在四周的奇特氣息像是突然間變成實質。她面對的，是所有最頂尖的衝浪者畢生追逐、嚮往的那種巨浪——高達數百米，閃著銀白色的邊，像一頭巨大而凶猛的野獸，帶著泯滅一切聲響的轟鳴，朝她直撲而來，把她捲進海底。

這時她才發覺，他看她的那種目光幾乎可以說是不道德的。

這種強烈的不道德感正不顧一切的要湮滅占據她的感官，把她拉進他的領域，占有、同化她。

她的心臟劇烈跳動，快得超出她所能負荷的極限。

她聽到一聲鐵絲般的蜂鳴，嗡——

完了，我要昏倒了。

小白憂傷的想，在這種黏答答的液體裡昏倒，不知道會不會被淹死？

她「唔」一聲，軟軟的失去知覺。

小白醒來時發覺她這次沒昏迷太久，因為天色沒什麼改變，而且艾爾和蘭尼都沒有回來。

還有……她躺在艾爾的深藍色大床上。

和那個裸男一起。

具體說，是裸男抱著她躺在艾爾的床上、蓋著艾爾的被子。

嗚。初次見面的男人和她一起赤裸的躺在她男朋友床上。很好，再怎麼道德敗壞、人品低劣的作者也不會寫這種狗血加破廉恥的情節的！

又害怕又害羞，還隱約的覺得十分委屈，小白在認清自己的境況之後立即眼眶一酸。她轉轉眼睛想把迅速湧出的眼淚憋回去，可是眼淚一下子就順著眼角流下來，滴在裸男摟著她的手臂上。

「別哭。」察覺到她在哭泣，他立即傾身過來，伸手拂掉她眼角的淚。

他的聲音和艾爾也很像，低沉而富有磁性，低語的時候讓人覺得不知是耳朵還是哪裡有一點發癢。可是她不知該怎麼解讀他的語氣。

這是命令，還是恐嚇？還是……別的什麼？

小白眨眨眼睛，看到他垂下長長的睫毛，微微張開嘴唇靠近她。他溫熱的呼吸和稍長的金髮一起輕輕的擦在她臉上，像是在試探花朵的蝴蝶觸鬚。他弄得她很癢，可是她一動也不敢動。

他的指尖順著她臉龐的曲線滑到下頷，又點在她的雙唇之間，像是在感受彈性那樣，輕輕把她的唇按下去一點點。

他再一次低聲說，「別哭。」

這次小白似乎分辨出他話中安慰的意思，她張大眼睛，看到他的碧綠色眸子裡有小小的、驚恐的自己。

又過了幾秒鐘，她終於平靜了一點，哽咽著小聲問，「你是……艾爾的哥哥嗎？」她說話的時候，他的手指還是停在她的嘴唇上。

所以，這個提問的過程，就像她在不斷輕吻著他的手指哀求。

她並沒有立刻得到預期的回答。

在她極力壓低的抽噎聲中沉默了一會兒，他的眸子幾度明滅，終於輕輕說，「是的，我是他的哥哥。」

說完他立刻鬆開手，扶著她的肩讓她坐起來。

小白抱著被子用被角擦淚，聽到他用一種難以形容的語氣緩慢的說，「我是賽德維金的修奈澤爾，你可以叫我修澤。」

她仰起臉看看他，不知道接下來自己該說什麼。

就算再遲鈍，她也感覺出來了，艾爾的哥哥和他那時一樣，混身散發著雄性費洛蒙，針對她的。更何況，他剛才為她擦眼淚的時候，劍拔弩張的地方都碰到她了。

現在……她只能等，等他做決定。或者，等艾爾和蘭尼任何一個回來。

「妳很怕我嗎？」他拉開距離問她。

她垂下眼簾不吭聲。

「對不起。」說完他又沉默了。

過了很久他才接著說，「我一向沒法控制好自己的能量，我很抱歉，也很……後悔。」也許是因為對地球語言不熟悉，也許是別的什麼原因，他這幾句話說得十分緩慢滯澀。

嗯？小白抬起頭，這是什麼意思？你剛才的話裡似乎有什麼隱含的意思？是我誤會你了？

他垂眸說，「讓妳昏倒了，真對不起。剛才是不得已的，妳吸入了一些分子接收器裡的液體，我並非有意冒犯妳。現在，請告訴我妳想怎麼做？」

小白愣了愣，啊，果然是我想錯了嗎？

對呀，蘭尼說艾爾的哥哥一向對地球人沒有好感。

哦太好了，只要你不是也想交配就好。

她揉揉還濕潤的眼角，如釋重負的笑了，「那……你先穿上衣服吧。」

「好的。」他答應之後坦蕩蕩的站起來，走向衣櫥。

小白的嘴角一陣抽搐。真不愧是兄弟，不僅長得很像，連裸奔這種愛好也是共有的嗎？

她把自己緊緊裹在被子裡。剛才她盼望著艾爾趕快回來，現在又想讓他千萬別這個時候回來。

嗯，如果事情還可以挽救的話。

「你……你會不會餓？」她充滿希望的微笑著問他。

「嗯？」他怔怔看著她，停了一秒鐘才回答，「有一點。」

「廚房就在門外面，冰箱裡有很多吃的。」快！快去打開冰箱，像艾爾那時候一樣抱著牛奶瓶咕咚咕咚的喝吧！這樣我就可以衝回自己的房間啦！

不知道艾爾的哥哥是不是正在努力適應地球的環境，還是他對地球語言的運用遠遠稱不上熟練，對小白的每句話，他都會花幾秒鐘的時間靜靜凝視她，然後才做出回應。

「好的。」他走出房間。

聽到廚房裡冰箱門打開的聲音，小白扯下床單裹在身上飛奔出去，她覺得她這次甚至比上次速度還快。

迅速換好了衣服，小白沒忘記叫爆米花小隊出來，命令它們把家裡所有的床單、浴巾都換洗了。還有，地毯也要好好擦！

然後她走下樓，來到廚房。

艾爾的哥哥正以十分標準的皇室儀態坐在餐桌邊，吃的食物卻一點也不像一個王子應該吃的。

小白早就忘了，自從蘭尼搬出去之後，她和艾爾的冰箱幾乎是空的！裡面只有早餐用的牛奶和幾粒雞蛋，而且牛奶今天早上還喝完了。

所以……能拿來吃的只有一包仙貝。

「對、對不起。」小白十分窘迫，「我給你煎個蛋？還是炒蛋？你喜歡吃什麼樣的蛋？」

「水煮蛋可以嗎？如果不是太麻煩的話。」

「好的！馬上就來。」小白從冰箱裡拿出幾顆雞蛋，燒起了開水。

片刻之後她後悔得想撞牆！

啊啊啊——這是什麼水煮蛋啊！這叫爆炸後的新星和正在形成中的宇宙。

從冰箱裡拿出來的雞蛋急速升溫之後在鍋裡炸開了，並且炸得各具特色，有的長出一個小腦袋，有的拖著彎曲的小尾巴，反正沒一個是完整的。

可是，艾爾他哥還眼巴巴的在等著呢。

「蛋……煮好了。」

小白內心流著淚，把那幾顆奇形怪狀的蛋依次撈出來，用冷水衝了衝，剝開蛋殼，然後統統丟進一個大盤子裡，再灑了點醬油，就這麼硬著頭皮端到首輔大人面前。

啊……他果然像是看到了宇宙的形成一樣的表情啊，太丟人了。這下子他對地球人的好感會更低了吧？

「哦，謝謝。」沒想到哥哥大人竟然好像挺開心的，還把那些蛋全吃掉了。

一定是太餓了！

小白坐在他對面，忐忑不安。

為什麼艾爾他們還沒回來？不是說他們之間可以用腦電波聯絡的嗎？該不會是艾爾出了什麼事吧？不可能啊，如果是這樣，那麼也應該立刻得知了啊。

她胡思亂想了一會兒，哥哥大人已經進餐完畢了。

他用修長的手指握住玻璃杯喝水，小啜一口，「妳好像一直想問我什麼？」

「嗯……我、我……」

我想問你為何突然跑來，還有為什麼艾爾到現在還不知道你來了？如果他知道了，一定會趕快跑回來見你的吧？哦……該不會是就是因為知道你要來，所以他才帶著蘭尼逃走了？

這些話在小白舌尖打了幾個滾，最後變成風馬牛不相及的一句，「為什麼你直接變成人了？」

哥哥大人稍微怔一下，反問她，「那麼，我應該先變成什麼？」

「嗯？不是先變成這個星球的低階生命形式？」說到這裡小白也不確定了，「先變蝸牛蛞蝓什麼的……逐漸適應之後才……」

「艾爾就是這樣變的嗎？」他握緊杯子，沉默幾秒鐘，突然半瞇著眼睛對她微笑了，「好的，下次我會從軟體動物開始。」

小白立刻垂下頭，她知道自己臉紅了。她能感到自己的臉頰、耳朵甚至脖子都燙燙的。

沉默片刻，他又低聲道歉，「對不起，我還是不太能夠控制自己。」

控制什麼？控制精神力還是放電的電量？

小白垂著眼皮不去看他，可是卻無法忽略他投在自己身上的目光。

難怪在你們女性那麼稀少的星球上還有人為你決鬥，被你這樣看，誰都會覺得你對人家有意思的！

等等……他說的都是真的嗎？因為我差點溺水所以才把我放在床上的？

也許我真是想太多了。我實在是太自作多情了。

可是，可是和他獨處感覺好彆扭。

艾爾你怎麼還不回來？

「妳還沒告訴我妳的名字。」他打斷她沉思。

「……我、我是蘇小白，你可以叫我小白。」

他輕聲重複她的名字，然後問她，「小白，妳為什麼怕我？」

「我、我、我沒有。」小白的目光和他對上之後，又開始臉頰發燙了，最後，她微微頷首，只看著他面前的那個水杯，「我……我只是覺得我們的初次見面有些尷尬。」

停了一會兒，她鼓起勇氣抬頭看他，「我們可以當這一切都沒發生過嗎？」

他像是覺得她的懇求十分不合理，令人為難，和她靜靜對視了一會兒才低聲答道，「恐怕不行。」

「欸？」小白對這個回答感到有點意外。

他看到她意外而失望的樣子，抿了抿薄唇，「但妳可以當做一切都沒發生過。」

小白想了想也覺得自己的要求不合理，她微帶歉意的說，「等一下你恐怕要讓蘭尼幫你做些檢查，你有可能被我感染……因為……」因為什麼你應該知道的吧？

「我有可能……已經被妳感染了。」他換了語序，小聲重複她的話。

這下小白坐不住了。這根本就是在調情嘛！這種語氣和語速！還有這種溫柔得能溢出水的放電眼神！

她站起來就要往廚房外面走。可是在轉身的那一刻，她的手腕被仍然以高貴莊嚴的儀態坐著的他緊緊拉住。

第44章

心動X心動

「啊！」小白大驚失色，她的心咚咚咚的劇烈跳動，一瞬間彷彿又聞到了那個充滿侵略性的氣味。

他仰望著她，和艾爾極為相似的面孔上有著一種她所熟悉的渴望和期待。

「我……」他只說了一個字就停住了。然後他鬆開她的手，淡然微笑，「謝謝妳的水煮蛋。」

小白縮回自己的小爪子，靠在門口，覺得腳都軟了。她驚魂未定的看著他，不知所措。

就在這時，大門打開了，艾爾和蘭尼一人抱了兩盒披薩走進來。

「艾爾——」小白蹬蹬蹬跑過去飛撲進他懷裡。

艾爾接住她，嘻嘻一笑，「妳今天好熱情！咦？」他把她放在地上，看向廚房，「修澤？」

「嗨，艾爾。」首輔大人儀態萬方的走過來，露出溫和的笑容，「你不和我擁抱嗎？」

「你怎麼來了？」艾爾一點也沒有想和他哥哥擁抱的意思，他的雙眉微蹙，「上一次聯絡時你不是說打算去迦南星系巡視嗎？」

「啊，那裡的邁藍瓜熟了，所以就來看你了。」

「哼。」艾爾沒好氣的瞥他一眼，把臉轉過來對著小白，「吶，這就是我的哥哥，看來你們已經見過面了，他很可怕吧？」

她幾乎要流著淚點頭了。

「他的名字是修奈澤爾，不過呢……」艾爾笑咪咪的繼續介紹他的哥哥，「妳叫他變態就可以了。」

艾爾把她往懷裡一擁，一臉驕傲的向他哥哥介紹，「我女朋友蘇小白。怎麼樣，真人比三維投影更漂亮吧？是不是可愛得讓你想要把她抱在懷裡蹭蹭蹭啊？」

呃……其實已經抱了。小白無語的垂下腦袋。

吃。」

「是的，就是那麼可愛。」修澤點點頭，十分認真的表示贊同，「她還給我做了水煮蛋，很好

「啊？」艾爾愣住。小白做的水煮蛋……很好吃？

「首輔大人，您還想進餐嗎？我們剛好買了一些高熱量的食物。」蘭尼舉起手裡的披薩。

「謝謝，蘭尼。的確是還有點餓。」

於是他們一起走進廚房坐下。小白緊緊挨著艾爾，坐在蘭尼對面。艾爾和他哥哥對坐著，兩人很快以優雅的餐桌禮儀和大猩猩進食的速度吃掉了一盒二十寸的大披薩。

蘭尼恭謙的坐在一旁，暗暗觀察。從一進門他就覺得有什麼非常不對勁，首輔大人的磁波和上一次他們見面時相差很遠，似乎隱含侵略性，時時準備進行挑釁或者接受挑釁。

艾爾好像一點都沒發現他的哥哥有點不對勁，他和從前任何時候一樣叫自己的哥哥是變態，也對修澤表現得不熱情，但其實也和從前任何時候一樣，對修澤來看他其實很高興。

像個有了新玩具一定要向自己的朋友炫耀的小孩，艾爾不斷跟他哥哥說著小白的事情，什麼很聰明啦，一直是年級第一名啦，才三年級就被邀請去大師雲集的學術論壇啦，不論什麼雞毛蒜皮的事都講得煞有介事。

他抓起小白的一隻手放在修澤面前，「你看，她這裡還有小窩呢。」

儘管小白的手指修長纖細，可是手指在末端關節處還各有一個小小的圓渦，就像小嬰兒的手。

「是不是很可愛？」艾爾把她的手貼在自己臉上，得意的看他哥哥。

「艾爾——」小白又羞又窘的把手掙開。

修澤端起水杯喝了一口水，慢吞吞的說，「真的很可愛。」沉默了一下他又對艾爾說，「你不知道你有多幸運。」

他。

蘭尼心中的隱憂漸漸清晰。他擔心的把目光轉向小白，然後驚訝的看到小白正咬牙切齒的瞪著他。

嗯？為什麼瞪我啊？蘭尼不解。

艾爾和修澤開始說起卡寧星系的戰爭以及目前的議會風向，在看了最近一期艾爾弗蘭德計畫的簡報之後，現在幾乎所有的議員都表示支持戰爭。

小白聽了幾句越來越不舒服。她沒想到她和艾爾的關係會和戰爭的支持率有關，並且每一步的進展都被密切的關注著。

這樣的話……樣本採集的事也許艾爾也知道。

她想著，又把不滿的目光從蘭尼臉上投到了艾爾那裡。

「嗯？怎麼了？」艾爾看著她，忽然輕輕呼吸一下，他的臉紅了，「妳……」他猛一蹙眉，轉過臉盯著他哥哥，「喂！你剛才是怎麼到這裡的？」

修澤抿唇微笑，「你是怎麼到的，我就是怎麼到的。不過……」他轉眸看向小白，「我省略了一些步驟，直接變成人了呢。」

「你！」艾爾握拳瞪他。

哥哥大人從容優雅的繼續微笑，「聽說你先變成了蝸牛蛞蝓？」

「我……」艾爾心虛的看小白。

「這到底是怎麼回事？」小白在心裡嘆氣，其實這個好像不太重要了。

艾爾的雙拳放在桌上，臉頰慢慢變紅了，「嗯，嗯，因為妳好奇的樣子很可愛，所以……」

我真想把腦袋撞在桌子上啊……我的男朋友是個變態。當然，他哥看來也好不到哪兒去。

小白極無奈的問他，「那你是在偷看我嗎？變態？」

說完她站起來，走出變態聚集的廚房，回到自己的房間。

蘭尼覺得他的擔憂已經要變成事實了，為了給皇室保留最後的一點體面，他體貼的向兩位皇室成員請退，「我需要做一些分析。」

他跑回自己原來的房間打開電腦，果然，分子傳送器和自動收集系統都顯示有地球女性富含雌激素的液體。

「看來得為首輔大人做血液檢查，希望他沒有像艾爾那樣被感染。」蘭尼打開藏在牆壁中的醫藥箱。

廚房裡，被留下來的兩位變態王子互望一眼。

修澤伸出手拍拍艾爾的肩膀，「男人哪有不變態的啊艾爾，恭喜你終於也有點男人的樣子了。嗯……其實我可以理解為什麼你會那麼做，唉，不愧是艾爾啊，我就沒想到可以這樣來拖延時間。」他說著抬起頭，彷彿在回憶，「唉，好後悔。」

艾爾跳起來指著他大叫，「你在說什麼啊！我討厭你！討厭你！」

他衝出廚房，跑進自己的房間甩上門，一秒鐘之後又衝回來，對著他的哥哥大叫，「不准你喜歡小白！」然後又跑進自己的房間。

修澤坐在空空的廚房，對著空氣低聲自語，「唉，那不是我能夠控制的呀艾爾，想必你也明白這種感受吧？」

他右手握拳支著下巴，左手食指沿著玻璃杯邊緣滑下來，「真的柔軟嬌嫩得像櫻桃。」

他又發了會兒呆，小聲說，「哎呀，為什麼我會很想再吃點那個低卡路里又沒營養的脆餅，而且渴望著宇宙和平呢？」

修澤在廚房說的這一切艾爾當然都聽到了，他又一次衝出來，不過，他還沒跑進廚房，就看到小白拎著她的旅行手提包走下來。

艾爾跑過去抓住她的手臂，「啊小白妳真聰明！等著我，我們這就私奔吧！」

「……誰要跟你私奔啊？」小白推開他，故意提高聲音，「總是不尊重我的隱私，把我當實驗室裡的猴子一樣觀察我很煩的好不好！」

然後她招招手，示意她男朋友湊近點。

她實在沒辦法直接跟他說：你哥是變態，跟他在一個屋簷下我覺得極度不安全，感覺好像隨時都會被撲倒。

萬一人家真的是為了逗逗自己的弟弟才故意表現得那麼曖昧呢？那她不是成了自作多情、破壞人家兄弟感情的傢伙？

而且……按哥哥大人以讓自己弟弟在全校裸奔為樂的奇特幽默感和愛好來看，開玩笑的可能性好像還……挺大的。

她竭力控制住自己的情緒，小聲在艾爾耳邊用中文說，「你哥哥真的很可怕，我到麗翁那裡住幾天，乖。」

小白說著摸摸他的腦袋順毛，又伸長脖子張望一下，小雞啄米似的在他臉頰上親一下，聲音壓得更低了，「蘭尼說你哥最多只能在地球待幾天，不然就會變身哥吉拉，對吧？」

艾爾愣一下點點頭，「嗯。」

然後，跟哥哥像往常那樣吵了幾句之後，艾爾還是忽略了小白讓他留在家的命令，追著她去找麗翁了。

第４５章

王子不急急死下屬

來到地球之後一個久別重逢的擁抱都沒拿到，就被親弟扔在家的首輔大人也並不寂寞，他和艾爾那時一樣，不得不接受蘭尼準備的各項檢查，然後就跟索拉一起去探索地球，順便會見一些稍微重要點兒的異星人了。

確認首輔大人走了之後，蘭尼和盧斯進行通訊。

盧斯得知繼他們的笨蛋王子之後，另一位王子在進行分子傳送重組的時候接觸到了地球女性充滿雌激素的血液。

「排除感染的可能性了嗎？」

「大致上可以確定沒有什麼問題。」蘭尼垂頭喪氣，又很委屈，「小白還以為是我把樣本收集系統偷偷打開了，其實根本不是我！我猜是首輔大人遙控的。只有艾爾弗蘭德計畫的最高負責人有這項授權。」

和蘭尼面面相覷一會兒，盧斯總結，「就是說他自作自受，在使用傳送器之前沒把自動收集系統關閉？」

「應該就是這樣。」

「既然是這樣，他沒有受到感染，而傳送器受到異種體液污染的事也是他自己負責，你怎麼還這副樣子？」盧斯放鬆的吁口氣。

「啊啊啊——盧斯你這笨蛋！」蘭尼吼他豬一樣的隊長，「艾爾的情況不妙啊！小白有可能會被搶走。」

「哎？你說什麼？」盧斯迷茫了。

蘭尼翻翻白眼，「聽著，從修澤殿下抵達艾爾弗蘭德1號，到我和艾爾從山下的披薩店回到家，這之間至少有一個小時。他到達時並沒有主動聯繫我們。」

「也許是想給艾爾一個驚喜呢？」盧斯安慰神經質的蘭尼，「以前不也有很多次這樣的『驚喜』嗎？你是從哪裡推導出小白可能被搶走這個結論的？」

「驚什麼喜啊？」蘭尼哀嘆，「你還不明白？小白讓家務機器人把艾爾房間的床單被褥都換洗了，這說明什麼？他們一定用過那些東西，又不想讓艾爾發現！所以你可以想像一下，修澤他把小白抱到床上去幹什麼？是想交配吧？一定是！不過不知道為什麼他沒成功，所以……」

「噗！」盧斯笑了，「行了，蘭尼，你要考慮改變職業嗎？做那種捕風捉影的小報記者好像更適合你啊！我覺得你很有這方面的潛質。」

蘭尼徹底讓他的豬隊長給氣死了，他調出一組血液分析資料，「那麼好吧！你給我解釋為什麼首輔大人的雄性激素比平常高了那麼多？這些激素組合在一起，你該知道是什麼意思吧？如果我早點回來，說不定還能聞到他求偶時釋放出的誘導素氣味。還有——」他又調出另一組資料，「我感到他的磁波非常不穩定，所以也做了這方面的檢查，你自己看吧。」

盧斯看著數據沉默了。

那組資料代表的是激烈的情緒，在遇到情敵時才會有的極端情緒——嫉妒、興奮、憤怒，想要挑戰並渴望殺死對方，獨占配偶。

他急促呼吸了幾下，沉靜下來，「小白呢？」

「小白找了個理由離開了，她說她要去學校宿舍住幾天。」

「……她做得很對。也許首輔大人在和她獨處的那段時間裡對她做了某種暗示，或是……已經進行了某些行動。」

「現在你知道我為什麼這副樣子了吧？」蘭尼揪住腦袋上的紅毛，「還有，我跟你說，他和小白的基因配適度我也測了，結果……」

盧斯怔一下，「我明白了，他是從基因角度來看更適合小白的人。」

蘭尼頹喪點頭，「是的。本以為艾爾和小白已經很匹配了，但沒想到首輔大人和她的配適度更高。這件事絕對不能讓議會知道。」

他們兩個不約而同想到在艾爾見到小白之後的那次視訊會議上，首輔大人所說的話。

「所謂的一見鍾情，其實不就是在見面的　那大腦作出了對方和自己基因適配程度很高的判斷嗎？」

這段話現在看起來……還真是，充滿了諷刺。他早已親口說出了自己的命運卻懵然無知——直到他面對她的那一刻。

這兩個男人並不是普通的男人，他們是帝國的王子，儲君，與未來。

他們的每一個行動都將會牽動無數人的命運，所以他們從一出生開始就必須保證自己的行為充滿理性，所有的胡鬧與不羈僅限於已被確定的範圍內。

就像首輔大人開惡劣玩笑的對象從來都只是艾爾，因為只有他，是能夠承受這些玩笑的對象。無論在任何環境下，他都不會那樣對待一位普通的賽德維金公民。

而現在……愛情，大概是和理性扯不上太多關係的。

盧斯沉默了一會兒問，「艾爾是什麼態度？」

「我也很難說這到底是幸或不幸，艾爾似乎是覺得他的哥哥大人和從前一樣在故意激怒、捉弄他。」蘭尼一籌莫展，「我們怎麼辦？」

盧斯長長呼口氣，「像艾爾一樣，把這當成和以往一樣的惡作劇，假裝我們並沒發現任何東西。我相信首輔大人不會主動提出挑戰的。」

蘭尼想了想，覺得除此之外好像沒有更好的辦法，他嘆口氣說，「雖然我是很尊敬首輔大人的，但是在這事上不知為什麼一點也不想讓他成功。哪怕理論上他和小白的後代會更有遺傳優勢。」停頓一下他又說，「我現在明白小白那時候說的是什麼意思了。」

「什麼？」

「富家女愛上窮小子，卻不要高帥富的原因。」

「嗯？那是什麼？」

「一種地球上被眾人讚美，卻很少有人會真的實踐的愛情觀。」

「我還是不明白你說的是什麼，而且，艾爾比首輔大人有錢！」

「如果首輔大人不去執政，多做幾年雇傭兵，應該不會比艾爾窮！還有——你說他們兩個現在打起來誰會贏？立刻回答！」

「……」

「看吧！」

兩人憂心忡忡的討論了一會兒，覺得艾爾唯一的優勢就是比他哥哥更能適應地球的生活。

首輔大人再怎麼高帥富，在地球住幾天就會變身大猩猩，而走一步就把樓房震塌的大猩猩是不會有女人愛的，所以只要等到他離開就沒事了。

蘭尼還是愁眉苦臉，「希望如此。要是被首輔大人那位副官知道就糟了，我都能想得到他會說什麼。」

「說到底還是要看小白是怎麼想的。」盧斯還是不太能理解小白說的「因為她愛他」的地球愛情觀，「如果她堅持選艾爾，沒人能逼迫她。」

「唉唉唉。」蘭尼嘆氣，「我最擔心的其實就是這一點。小白告訴我她家的事了，你應該也知道了吧？」

看到盧斯點頭，他繼續說，「以你對地球人的瞭解，你覺得這樣家庭背景的女孩子，是不是會覺得心理成熟的男性更有魅力呢？」

蘭尼又說，「還有，我覺得小白立刻搬走是因為很難面對首輔大人，她在他面前好像又害怕又害羞。」

「也許只是覺得初次見面的情形很難堪？」

「那為什麼當時面對艾爾卻沒覺得難堪呢？」

「大概……是在心裡一直覺得他是個小孩子吧。」

「唉。」

在盧斯和蘭尼坐困愁城時，那個「小孩子」早就追上了小白，正蹦蹦跳跳的提著她的手提包，跟她一起去找麗翁呢。

麗翁收到小白的短信說要來暫住時，還以為她又和艾爾吵架了。

結果被告知是因為哥哥很可怕所以才跑出來了。

「你哥哥？」麗翁瞅瞅坐在椅子上、用腳踮著地讓椅子呼啦呼啦轉圈的艾爾，問小白，「他怎麼可怕了？」

小白不知從何說起，嗯嗯了幾聲才開口，「妳見到就知道了。」她看看麗翁鋪了一床的行李，「妳春假不是去妳表姐家的農場嗎？為什麼還帶比基尼啊？」

「那裡附近有個湖，可以去游泳啊。」

「說實話現在真有點後悔了。」小白看看艾爾，「也許我們應該開車去高地的，或者去湖邊也行。」

「現在去也可以啊！」艾爾從椅子上跳下來，挨著她坐在床上。

「可是，你哥哥跑這麼遠來看你……」

艾爾也不說話了。

「而且我還得去披薩店打工呢！」

「哦……這個啊……呵呵呵。」艾爾側過頭看著床頭邊貼的海報，「老闆大叔說復活節要裝修，所以從明天開始歇業。」

「嗯？」小白愣了。可是昨天大叔還特地打電話說明天要準時上班呢。

麗翁也愣了，然後她扶額，「噢，不，你不會真那麼做了吧……」

「是，我真的那麼做了。」艾爾盯著海報，然後他轉過頭對小白露出討好的笑容，「我把披薩店買下來了，呵呵呵。」

「啊？」小白呆了幾秒鐘才把這個消息消化了，「你……」

你這混蛋為了不讓我去打工把人家的店買下來了？買下來了？買下……

「是他逼我買的！」艾爾對天發誓，到了最後真的是老闆逼他買的！蘭尼可以作證。

「而且老闆還不是我！」是真的！我只是出錢給他裝修而已。有我這麼好欺負的戰士嗎？

那到底為什麼叫「買下來了」啊？

「因為只是買下來一下子而已。」

其實就是老闆訛詐了你一筆裝修費是嗎？你到底對人家做了什麼？

「嗚！」

以為撒嬌就可以沒事了嗎？混蛋！

小白實在對她那隻既不聽話又不聽話的金毛狗沒辦法，她耷拉著腦袋嘆氣，「那我的工資泡湯了？」

「嗯……如果妳很想去上班的話，就跟老闆說讓他過完復活節再裝修。」

「現在就去找老闆說吧。」小白斜眼看他，「明天再過來找我。」

「嗚。」艾爾垂耳，夾著尾巴走了。

第４６章

他的眼睛裡藏了一個宇宙

在披薩店這件事上艾爾知道自己實在是太不成熟太過分了。

專門破壞女朋友計畫，這樣的男朋友真差勁。

其實，他女朋友現在正為別的事擔心呢，根本沒太在意這事。也許本來她會挺生氣的，但艾爾那個間歇性神經病的哥哥一來，有他做陪襯，艾爾的任性舉動簡直是可愛的孩子氣。

在宿舍裡晃了一圈，小白發現幾乎所有人在復活節假期都有旅行計畫。到了第二天早上，宿舍裡已經沒剩下幾個人了。

她坐在古老的公共客廳裡看著無聊的晨間新聞節目，泡了個泡麵當早餐。

一邊看電視，小白一邊問自己，我作為一個女朋友是不是挺差勁的啊？

也許除了野餐，我們還可以去那個有摩天輪的公園。

不過，野餐什麼的得等他哥哥走了再說。

唉，我這麼跑出來，他哥哥會不會不高興啊？萬一他真的從頭到尾都沒有什麼特別的意思，我這麼做，不是會給他留下很不好的印象？

嗚，我想讓艾爾的家人喜歡我啊！怎麼辦？

她正胡思亂想，珂洛依走進來了，「啊小白妳真在這裡呀！」

「嗯？妳找我有事？」

「不是我。我都不知道妳跑回宿舍了。」珂洛依看看她的泡麵，「有個帥哥找妳，說要和妳談談實驗室的事。」

「他在哪兒？」誰會跑來找她呢？小白拿出手機看了看，咦，手機明明還有電啊。珂洛依不認識，那是蘭尼？還是博瑞？

哦……不會吧？

「他在門口大廳裡坐著呢。這泡麵好吃嗎？是BBQ味的吧？自動販售機裡還有賣這個？我沒零錢了。」

小白把泡麵塞給她，「泡麵給妳吃！那個——我問妳，那人長什麼樣子？是不是金髮的、綠眼睛？」

珂洛依毫不客氣的抓起泡麵吃，「唔，長相呀，用三個詞來形容，就是美型、反派、Boss。」

「喂——」小白急了，「他是不是長得跟艾爾很像啊？」

「嗯，就是啊，比他大幾歲的樣子，應該是他哥哥吧？」她拿起叉子繼續吃麵，「艾爾是美型反派，他哥是美型反派Boss嘛！唉這泡麵挺好吃的。」

「妳全吃了吧。」小白沒胃口了。

冷靜！冷靜下來蘇小白。

對了，就這樣，冷靜下來。光天化日朗朗乾坤之下他敢幹什麼。妳不是一個人在戰鬥！

小白呼了口氣走下樓，看到大廳裡坐著的那個人，便站在樓梯轉角處偷偷觀察著他。

他真的和艾爾長得很像。一樣有十分柔順的金髮，只是他的稍微留得長一點。

他也有斜飛入鬢的劍眉，高而直的鼻梁，甚至連嘴唇和鼻子之間那個小窩也和艾爾一樣，他的下唇中間也有一個極淺的凹陷，像是被一隻看不見的手指輕輕按著。

他們的眼睛也長得很像，同樣是薄荷糖似的碧綠色，眼角微微上挑。這樣的眼睛配上那種長睫毛，含笑斜睨的時候總讓人心跳加速。

但是艾爾看我的時候我從來不會害怕。

他的眼神總是帶點孩子氣的天真頑皮，而他……他的眼睛裡藏了一個宇宙。不過，他現在看起來憂心忡忡的。

小白深吸口氣，站得筆直，扶著樓梯的木扶手向下走。

艾爾的哥哥在看到她的那一刻就站了起來，顯然，和艾爾一樣，他在公共場合遵守並實踐嚴格的禮儀。

這種見到女士就起立的守舊禮儀，配合著有上百年歷史的古老建築風格、陳舊的傢俱、被來來往往的腳步磨出暗光的木地板，讓小白覺得她忽然走進了某部老電影的一格發黃膠片裡。

他仰望著她，像是在極力自制，可是嘴角卻不聽指揮，一點一點翹起來，最終形成一個燦爛的笑容。

這個笑容讓小白覺得幽暗的老宿舍一瞬問明亮起來。

小白走到樓梯盡頭時停了一下，她按著樓梯扶手，和他對視了幾秒鐘，這才走到他對面的沙發前坐下。

兩人沉默了一會兒，小白開口，「聽說你要和我談實驗室的事？」

自從再次出現在她面前，首輔大人一直表現得十分莊重自持，他的聲音聽起來也很溫和，「以後不會再對妳進行監測和樣本收集了。」

小白愣一下才反應過來，他說的「實驗室」，並不是希望王子基金資助的生物系實驗室，而是她離開時說的，「把我當實驗室裡的猴子一樣觀察我很煩」中的實驗室。

「這次的……意外，是因為我遙控開啟了自動收集系統。蘭尼和艾爾都毫不知情。」他抬眼看她，眼神真誠熱切，「我的……歉意，妳願意接受嗎？」

「我願意。」小白回答完，突然感到修澤問她時選擇的詞彙句式好像……有點怪？

沒等她深思，修澤伸出手，「好的，那麼，我們能出去走走嗎？我想和妳談談關於艾爾的事。」

他的語氣、行動充滿令人信服的威嚴，讓她不自覺的信任跟從，以至於她把手放在他手心後才覺得好像又有哪裡不對。

他的手寬大溫暖，但是手心有極薄的汗，他手腕稍微用力，托著她的手腕，看著她站起來，在她微微驚詫的時候鬆開她。

小白和他走在校園裡用青色石磚鋪成的小路上，她長髮被初春時節帶著薰然花香和融融暖意的微風吹動。

她以為艾爾的哥哥會和他一樣，以標準軍姿快速的把她甩在後面，但很快她就發現修澤的步伐速度一直和她保持一致，並且比她還要慢一點，稍微落後，停在她肩後。

靜靜走了一會兒，小白問，「我以為艾爾和你會有安排。他在幹什麼呢？」

「艾爾想在夏天來臨之前結束和卡寧星系的戰爭，當然要全力以赴。」修澤語氣中似乎帶點感嘆，「他是帝國最優秀的指揮官，一定可以很快取得最終勝利的。」

「你好像對他很有信心。」

「嗯。暗中盼望自己弟弟失敗的哥哥一定很糟糕吧？」他說完笑了。他的笑容有點古怪，像是帶點自嘲又暗藏凶險。

這個笑容讓小白怔住了。她微微張著唇，側首仰望他。

他停住腳步，迎著她的目光和她對視，低聲問，「妳……妳會覺得累嗎？想要休息嗎？」

「哎？」小白猜測修澤對地球女性的體力有極錯誤的估計，但是她還是說，「好啊，那我們去喝點東西？」

一男一女，漫無目的一起散步，然後再去喝點飲料，在地球上，我們稱這為約會。

第47章

無法碰觸的承諾

小白帶著哥哥大人去了宿舍斜對面的那間小咖啡店。那裡專做學生生意，店面很小，三明治不錯，飲料出奇難喝。

他們在臨窗的小桌前坐下，她猜他大概不明白這些地球飲品的名字到底代表了什麼樣的化學成分，就幫他要了和她一樣的柳橙汁。

「你想和我說的關於艾爾的事情，是什麼？」

首輔大人看著自己面前的玻璃杯，沉默幾秒鐘問，「最近你們地球的一位王子結婚了，你知道嗎？」

「嗯。」小白點點頭，「據說全球有幾億人同時觀看他們婚禮的現場直播。」

「可以想像，那一定是很盛大的場面。」他握住冰涼的玻璃杯，舉到面前，但沒有喝，「那麼，那位王妃婚後幸福嗎？」

她大概猜到他想說的是什麼了。

果然，他對地球的熟悉程度遠遠超出小白的估計，「我聽說最近那位王妃因為和王子度假時被偷拍了泳裝照而不太開心。」

這是要上演豪門恩怨裡有錢家長勸說灰姑娘離開王子的戲碼了嗎？

不，不是。

「我想說的是，妳和艾爾在一起，也會無可避免的受到更多的注意，可能很大一部分是妳不想要的。」那杯橙汁又被他放在桌上，「昨天，我注意到妳不高興了——在聽到議會參閱最近一期艾爾弗蘭德計畫的簡報的時候。」

「對你們兩個來說，這是很私人的事，可對議會而言，你們兩個的事，無論是通過實際接觸確定了彼此的基因配適度，還是進行了真正的聯結，乃至於生育後代，都是非常重要的公事。他們會一直要求得到及時而詳細的報告，並在對這些資訊的分析基礎上決定帝國今後若干年的財政預算、國民教育、軍隊部署、戰略資源的規劃。」

他停頓一下，看看她，彷彿是在確認她對目前為止所說的話都理解了。

而小白在聽到「通過實際接觸確定了彼此的基因配適度」時就臉紅了。今後她和艾爾之間比這更親密的事，都會一一被報告，還可能會被當做國家大事討論。如坐針氈大概就是這樣的感覺。

看到她臉紅紅的垂下頭，長長的睫毛還時不時輕顫一下，修澤連說了幾次「我……」之後覺得口乾舌燥。

他得趕快喝點什麼，不然就會在她面前發出那種在極度的渴望時才會有的、喉嚨裡猛然吞咽的聲音。於是他終於喝了一口那杯聞起來就知道很難喝的柳橙汁。

「咳。」這柳橙汁真難喝。他決定在實現對銀河的實際控制之後，第一件事就是讓這個牌子的柳橙汁從地球徹底消失。

他接連咳嗽幾聲，小白趕緊問，「你沒事吧？這麼難喝嗎？對不起，這個已經是他們這裡最不難喝的東西了。」

修澤的臉微微泛紅，比起還停留在喉舌間的可怕化學合成味道，他覺得在這種情況下被小白看到更難受。

他擺擺手示意自己沒事，小白還是叫服務生給他一杯水。

極力營造的英明神武、高貴莊重的形象反正已經破壞了，修澤拿起水杯咕咚咕咚喝了幾口，沖散了那個可怕的味道。

「我……我……」他又連說了兩次「我」，忽然放鬆身體靠在椅背上笑了，「你們地球人雖然戰鬥力只有五，但是對可怕食物的忍受程度，絕對是所有碳基高智慧生命中最強的。」

小白也笑了，「本來看到你吃完了我做的水煮蛋，我以為你的接受能力會比艾爾他們強很多呢。蘭尼曾經以為我的味覺不正常。」

其實那個蛋是很難吃啦。首輔大人在心裡說，不過……因為是妳做的。為我做的。

唉，聽起來艾爾好像無法接受。嗯？這就是說……真的是只為我一個人做的？

啊，真想知道這雙小手還能做些什麼。比如抓抓我的頭髮、撫摸我的臉頰……

那個時候，那個時候我也想把她的手貼在自己臉上，就像艾爾後來做的那樣。

唉，以後大概都不會再有這樣的機會了。

看到他一時歡喜一時悲傷，然後神情恍惚的呆呆看著她放在桌上的手，小白又開始緊張了。她把小爪子縮回衣袖裡，坐得很直。

意識到自己可能又失態了，首輔大人趕快恢復莊重，他雙眸放出清澈而正直的光，「在沒見過妳之前，我和議會中的人一樣，把妳當做一項資料來分析，我知道妳的名字、妳的長相喜好，可那些都只是資料，但是——但是當我見到妳……」他的話突然中斷，他低下頭沉思。

是的，這些我全知道。

我也看過妳的全息投影。

我聽過妳的談話錄音。

我還知道妳的血型是AB型，有針對B型肝炎的抗體。妳沒有家族遺傳性病史，很健康，連一顆蛀牙都沒有。妳最喜歡的體育活動是游泳。妳的平均心跳是每分鐘七十四次。妳的智商高出賽德維金人的平均水準。妳的身高以地球計量單位來計算是五英尺三英寸，不算高，但是用黃金分割率來看，妳的頭身比例接近完美，這說明妳和艾爾的後代都會體型優美勻稱。

妳的外貌、智慧、健康程度……妳的一切都經過科學的計算和分析，用來判斷妳是否能夠給賽德維金人帶來一個奇蹟嬰兒。

可是……

當我和妳面對面，當妳和我對視，我甚至不用去觸摸妳，我就知道。

我來晚了。

首輔大人凝視沉思時，小白一直看著他陰晴不定的臉，猜測他接下來要說的是什麼。

終於，當他再抬起頭，他對她鄭重許諾，「從今以後，我會盡我最大的努力，保護妳……和艾爾的隱私。」

「嗯？」小白沒想到他最終要說的是這個，她原以為他會向她曉以大義，勸她學會習慣、接受自己的隱私被當成資料反覆分析討論。

她怔了一會兒，才小聲對他說，「謝謝你。」

他和她對視一下，轉開臉避開她的目光，看著面前的玻璃杯。杯壁上，凝結的小水珠已經匯集成線，緩慢的流下來。

他的聲音變得沉鬱，「我希望你們……能像一對最普通的情侶那樣享受相愛的過程。」

小白有點疑惑，為什麼他好像突然間不高興了？

在她仍然茫然不解時，他站起來，「我馬上就會離開，妳可以搬回去了。」

「離開？」

「是的。我要走了，小白。」他念著她的名字微笑，忽然斂容問，「為什麼妳一直都沒叫我的名字呢？」

「因為……因為……」小白發現自己的心態難以解釋。

因為會覺得很害羞。

可為什麼我會覺得直呼他的名字是件讓我害羞的事？

他又像輕笑又像低嘆的吁口氣，拿起放在椅背上的外套，「謝謝妳請我喝的飲料。」

「呃……下次我會帶你去好一點的地方。」小白對柳橙汁的事感到抱歉。

他的薄唇輕微的動了一下，似乎是想說什麼終究又決定不說了，然後，他向她揮一下手，走出了店門。

小白看著他在門口停了停，仰起頭向前走，走了幾步他突然轉身疾走回來。

是忘了什麼重要的東西在這兒嗎？

他站在窗外，一隻手緊緊抓著搭在前臂上的外套，另一隻手輕輕抬起，貼在玻璃窗上。

小白仰起臉，看到他用食指在窗子上沿著一條她看不明白的弧線緩緩滑動，然後點在一個點上。

這是做什麼？她疑惑的看著他。

終於，他後退一步，轉身離去。

小白看著他的背影，心中百味陳雜。

她覺得，即使有哥哥大人的幫助，恐怕今後她和艾爾的戀情也難免會一次次被當做國家大事在議會上提起。她無法保有隱私，因為如果她繼續和艾爾在一起，她就不再具有匿名的權利。

她喜歡的人，身分要比她複雜得多。

她做好接受這一切的準備了嗎？

小白一個人在咖啡店裡又呆坐了一陣子，突然手機響了，是艾爾。

「小白！回來吧！修澤剛才走了。」

「哦。」

「要我去幫妳嗎？」

「哦，好啊。」即將掛掉電話時，小白又突然加了一句，「我想你了。」

「嗯？」艾爾似乎是有點驚訝，他很快嘻嘻笑了，然後有點扭捏的小聲說，「我也是。」

第48章

摩天輪

艾爾的哥哥行動飄忽，來了地球一天就匆匆離開了。

但他在這一天裡做的事情卻不少。

他和艾爾討論了戰局，和索拉一起巡邏時指定了增強戒備的地點，會見了現在住在這一區的異星居民，和他們達成了守望互助的協定，並且制定了增派護衛隊之後的新防備計畫，還為艾爾準備了新的勢力範圍劃分方案。

「一旦卡寧星系全面潰敗，他們在地球上的代表，就是那些威克森人，會先來和你談。」首輔大人指著浮在艾爾面前的地球三維投影，「我們無所謂如何劃分新的勢力範圍，只要不是特別過分的要求都可以答應他們，但是，要讓他們知道，現在實際控制地球的人是我們。」

「蘭尼，我會增派兩艘戰艦在銀河邊緣，戰艦會配備十萬左右的生化兵，歸你指揮。」

「遵命大人。」

首輔大人看看艾爾，微笑著拍拍他的肩膀，「你在戰爭結束後只要專心談戀愛就好了！夏天……」

他的手被艾爾一臉厭惡的甩開，「知道了！整個暑假我都會和小白在一起的，你等著聽好消息吧。」

他親愛的哥哥立即流露出十分傷心黯然的樣子。

「哎？」艾爾有點驚奇，「修澤你怎麼了？」他看看他哥，覺得有點好笑，「嘖，還裝得真像呢，從前不都會厚著臉皮再湊過來嗎？」

「沒什麼。」修澤彎起嘴角勉強笑了笑，「突然間發現我那個喜歡在全校朝會的時候只帶著『冰雪般的威嚴』跑到主席臺上唱歌的弟弟已經長大了，難免又自豪又傷感。」

「那是我自願的嗎？不是你害我的嗎？現在所有人都知道我唱歌唱得很難聽！你這討人厭的傢

伙！」艾爾蹙眉，「還有什麼事？說完就走吧！分子傳送器已經準備好了。」

修澤垂首沉默一會兒，「……沒什麼事了。」他抬起頭看著艾爾，眼神幾度變換。

蘭尼緊張得握緊雙拳。

「唉，我走了。」他終於像是很累似的長嘆一聲。

這時艾爾反而真的覺得他哥好像真有點可憐。「嗯……其實你沒事的話，再在地球待幾天也行啊。」

哦艾爾你這蠢貨快閉嘴！蘭尼想要跳出去撲打他家王子了。快點讓他走吧！你完全感覺不到你哥那矛盾的心情嗎？

「……不，我還是馬上走吧。我覺得好像要快控制不住了。」修澤說完就走進艾爾的房間。

艾爾跟著他，「怎麼？你的磁場控制力更糟了嗎？回去之後要多做點練習啊你！」

修澤揮揮手，沒有回頭，關上浴室的門。

蘭尼在心裡吐槽，控制不住的恐怕不只是這個吧？

一天之後，從月球緊急調撥的護衛隊到達了，人數比原定計劃多。小白將會發現ET麵包店多了一個害羞的小夥子店員，而天才奇路．希亞將會擁有一名室友，不管他願意不願意。

總之，可能和她有接觸的異星人都被控制了。

多出來的護衛隊員是從首輔大人的直屬護衛隊中抽調的。

蘭尼又一次和盧斯一起憂心忡忡但無可奈何。也許首輔大人只是為小白的安全著想，什麼監視啊，才沒有呢。

不過……話說回來，首輔大人離開地球之後，好像並沒有返回母星的意思，他和他的艦隊繼續在銀河中緩慢而無規律的到處走著，這真的不是在計畫著隨時跑回來和弟弟決鬥並搶走他的心上人嗎？

於是蘭尼每天聯繫首輔大人的艦隊，不停計算從那個位置到地球需要多久時間，而在這段時間裡他又能做些什麼讓艾爾和小白躲開。

即便首輔大人離開了，蘭尼的緊張情緒並未得到緩解。

他休息得很不好，漸漸出現小白母國最會賣萌的友誼大使的特徵：熊貓眼。

把蘭尼的黑眼圈理解為「他最近看太多H漫了」的小白和艾爾一點危機意識都沒有，專心享受著春假。

小白把哥哥大人離去之前和她的私下談話，當成他表現友好的舉動。

她對他的印象有了轉折性的改觀，從前認為他是個喜歡捉弄弟弟，有點沒正經的哥哥，但在那之後，修澤在她心裡已經是「其實很疼愛弟弟但是表現方式很彆扭」的好哥哥了。

那句「我會盡力保護妳和艾爾的隱私，請你們像對普通戀人那樣享受戀愛吧」，徹底打消了她之前對他的猜疑。

她幾乎是有點崇敬的望著他遠去的背影，暗自在心中握拳發誓，放心吧哥哥，我會努力戀愛的！

修澤臨走時古怪的舉動被她當成ＥＴ的某種奇怪告別方式，很快就完全而徹底的淡忘了。

修澤離開的第二天，小白去買了野餐用的毯子，還有籐籃，哄著艾爾做了迷你三明治，又烘了很多小蛋糕，在離蘭尼的房子不遠的那片空地上野餐。

哼，什麼野餐，就是在曬恩愛！

蘭尼流著寬麵條淚，羡慕嫉妒恨的看著他們倆互相餵食，腦袋靠在一起低語，笑著打鬧幾下，然後躺在花叢裡嘻嘻笑著啾啾啾。

哼。艾爾你在地球這個以傷風敗俗為榮的地方適應得很好嘛。

這個春天是艾爾的、是小白的，甚至是修澤的，唯獨不是他蘭尼的。

當小白和艾爾發現蘭尼不再哼著「今天也要很努力的戀愛，料理也要加油」做早餐，而是嘟囔著「為了部落！」時，才知道他被網友欺騙感情了。

為了讓他開心點，他們決定帶著蘭尼去那個有摩天輪的公園。

可是蘭尼怎麼開心得起來嘛。

他抱著雙臂，冷眼看著這個充滿粉紅泡泡的遊樂設施。

哼，這種東西不僅在漫畫裡看起來就像是建給情侶接吻用的，在三次元出現時，更是散發著誘人啾啾的氣息！

負責公園維修的菲烈自豪的按下控制器，在充滿懷舊氛圍的音樂聲中，摩天輪上的彩燈依次亮起。它輕輕轉動，那些重新粉刷過的小車廂一個個隨著音樂聲滑過來，在他們面前稍微停留一下，又緩緩向上升起，在淡紫色的夜幕下看起來像是一串鈴蘭花。

小白和艾爾快樂的跳進一個車廂，對蘭尼揮揮手。

奸詐善變的蘭尼用眼睛放著冷箭，跳進他們身後的車廂，無動於衷的看著自己和地面之間的距離漸漸拉開。

轉了一圈，蘭尼跳下來，走到一邊，不管小白再怎麼叫他也不肯再坐了。

對絲毫也沒開心起來的蘭尼揮揮手，小白問艾爾，「你也是第一次坐摩天輪？」

「妳也是嗎？」艾爾樂了，嘿嘿，我是第一個陪她坐摩天輪的人喲！

「嗯。小時候很想去遊樂場，可是我爸媽工作很忙，沒人帶我去。大一點之後每天都忙著學習，就沒時間去了。」小白又回憶一會兒。

艾爾也開始回憶他的童年，「我小時候，我爸媽好像也很忙，所以基本上都是哥哥帶著我。他的興趣從來都是三維戰艦模型、軍棋還有擊劍之類的。後來哥哥去了軍校，我就跟著他提前入學了。學校裡所有人都比我大。」

「哦！我也是呀！」小白抓住他的手臂猛晃幾下，「不過我不是自願的。我爸媽忙著做生意，讓我提前念小學，因為那時我姑姑在那間學校當老師，剛好輪到她當一年級的班導。我現在還記得，我第一天上學的時候，所有的小孩子都比我大很多，我很害怕呢！」

她有點不好意思的繼續說，「還有，我姑姑是國文老師，她上課的時候提問，我舉手喊『姑姑我會』，結果就被她罵了，要我別叫她姑姑，叫老師。所有的小孩子都在笑！後來過年去姑姑家拜年，我說『老師新春快樂』，又被我爸媽笑！」

艾爾聽到這兒哈哈大笑，小白和他一起笑了一會兒，忽然沉默下來。

父母離婚之後，她還能像從前那樣，每年春節的時候到姑姑家拜年嗎？自從來到英國，她就不曾再回國過春節。

艾爾明白她想到了什麼，握住她的手，把她擁在懷裡，額角貼著她的額角。

過了一會兒，小白蹭蹭艾爾，繼續講她的故事，「後來，我高二時到了英國。英國高中只有兩年，負責的那位老師糊裡糊塗的，直接安排我參加大學入學考試，所以大學的同學都比我大兩、三歲。」

她有點惆悵的問艾爾，「你上學的時候會有這種感覺嗎？你比同齡的人成熟，他們喜歡的東西、談的話題讓你覺得很幼稚；可是你周圍的同學比你大很多，他們喜歡的話題你根本插不上話。我知道大幾歲不算大很多，可是——」

「在某個年齡段，大幾歲就是大很多。」很顯然，艾爾和她同感。

「嗯。所以我總是沒什麼朋友，也不擅長交朋友。」小白有點苦惱。

「噗。」艾爾笑一聲，把她鬢邊的一綹頭髮繞在手指上，「那妳到底多大了？」

小白有點驚奇，「你不知道？你知道我的血型、疾病史，連我銀行帳戶裡有多少錢都知道，卻不知道我的年齡？」

「你們的年齡計量單位和我們又不一樣。」艾爾笑了笑，臉忽然紅了，「蘭尼制定的篩選標準對年齡沒有具體要求，只要……嗯……發育成熟就可以了。」

你們這幫禽獸。小白和他拉開距離，鄙視的瞥他，「哼。」

艾爾故意奸笑著把她抓回來，「嘿嘿嘿。」

小白亂揉他的金髮，「那你呢？你多大了？」

「我……」艾爾皺眉想了一會兒，有點抱歉的回答，「我們星球計量時間的方法跟你們不一樣，我不知道該怎麼換算。」

「說的也是。」她想笑又笑不出來，這樣很難知道他的生日是哪一天。

還有，她恐怕也沒法說出她男友最喜歡的顏色，因為他最喜歡的顏色她可能看不見。而他最喜歡的食物，地球上可能並不存在。

就算她知道了，可能也無法理解。

「那按照你們星球的計算方法，你多大了？」

「這次來地球之前是二十二歲。修澤比我大六歲，蘭尼比我大四歲。」

「哦。」那就當做你在地球也是二十二歲吧，不然將來怎麼跟媽咪說呢？

艾爾看到她面有憂色，「妳到底在擔心些什麼啊？」

「不是擔心，是覺得……這些別的情侶應該都很清楚的事情，我卻根本不知道，好像有點失敗。」她嘆口氣，「我不知道你的生日，不知道你最喜歡的顏色和食物是什麼，我也不知道你家住在哪裡。」

艾爾有點不以為然，「這些東西很重要嗎？難道有人會考妳這些東西？如果不及格的話會懲罰妳？」他對她眨眨眼笑了，語氣也變得邪惡，「讓我來懲罰妳吧！嗷！」

「討厭！很癢啊！快放手！」小白一邊撲打掙扎一邊笑。

艾爾的鼻尖碰碰她的鼻尖，「我明白妳為什麼會問我這些了。妳想多瞭解我，是嗎？」

「嗯。從你們星球的計時方法開始說起吧。」

「這個呀……」艾爾為小白講解賽德維金星的天文地理時忽然想起，哦蘭尼，你有沒有編好某個很重要的科普讀物啊？

摩天輪又轉了一圈時，小白的興趣從天文地理跑到人文知識了，她趴在艾爾懷裡抬頭看著他，「我還想學語言。」

「我們的語言？因為可以直接用腦波交流，所以我們平時的交流語言不算特別複雜，可是妳有必要學這個嗎？」

「我知道很多詞彙我根本理解不了，可是，我想至少學會你好、再見什麼的吧？」

「妳想學嗎？」

「嗯。」

「那妳用實際點的行動求我教你吧！」

「……比如？」

「比如讓我趴在妳胸口聽聽妳的心跳之類的！」

「……」

「怎麼？不願意嗎？那換一個好了。比如……」他眼含笑意的上下打量她。

小白沒等他說出要求就臉紅了，她把紅彤彤的臉轉向一邊不再理他。

「我都還沒說呢。」艾爾蹭到她身邊，聲音更低了，「妳想到了什麼？在妳想到的那些裡面挑一個妳可以接受的吧！我一點都不挑剔。」

他腦袋被拍了一下。

第４９章

賽德維金人的愛情

從公園回家之後，艾爾問蘭尼他的科普資料做得如何了。

「小白對我們的文化終於明確的表現出了興趣，這是件好事。」蘭尼還是沒什麼精神，「我很快就會把資料準備好的，你放心吧。」

兩天之後他給艾爾一本小冊子。

這是本向地球女性解釋賽德維金人生理奧祕的書籍，內容詳盡，資料完整，語言平實優美。

可是艾爾殿下不滿意，「為什麼你沒有用地球的紙呢？」

「正好可以給小白看看我們的書籍是什麼樣的啊。」

「不是說要加點實踐的內容嗎？」

「是隱藏內容，她想看自然會出現。」

「為什麼還加了自動講解呢？本來不是說讓我來講解的嗎？」她想看實物的話就很方便了，說不定還能順便實踐一下。

蘭尼瞇起眼睛低哼一聲，「這麼想實踐就在繁殖季節開始之前把戰爭結束吧！」

本來還想繼續抱怨的殿下立刻閉嘴了。

這是一本極為科學的科普資料，不僅詳盡的介紹了賽德維金人的生理結構，內容還涵蓋了這顆星球的基本人文、自然知識。

小白對蘭尼製作的這本全息智能小冊子十分喜愛。她一開始好像沒領會到這本小冊子的重點，而是把它當做百科全書。

幾天之後她終於抓住重點了。

她明白為什麼艾爾說要在夏季開始之前結束戰爭了……

小冊子告訴她，賽德維金星分為明顯的兩季，其一類似地球的冬季，行星離它周圍的恒星很遠，缺乏日光和食物；而後行星和恒星之間的距離縮短，氣候變得溫和，和地球高緯度地區的夏季氣溫相仿，萬物復甦，食物充足。這個季節，就是生機勃勃的繁殖季。

唔。艾爾他是想……和我……

在她遐思時小冊子體貼的提示：有隱藏內容，妳希望繼續嗎？

小白隨手點了「是」，然後——

喂——這等身全息的三維投影是怎麼回事？啊啊啊——我完全沒準備啊！

小白從指縫裡偷看那個懸浮在半空、側臥著對她微笑的全裸「艾爾」。

嗨，好久不見了啊。

她合上書掩口而笑，書頁合上的那一刻投影也消失了。

她把左手的食指放在雙唇之間，蜷起指節，輕輕在唇齒間磨蹭。嗯……

過了一會兒她又打開書。

看過了這一部分之後，小白覺得難怪在賽德維金人眼中地球是顆道德低下的酒色之星。

他們的女性在進入繁殖期之後，平均每五年才有一次受孕的機會，只有這時才會交配。而在第一次交配之後，雙方會在高潮時釋放的激素下達成「聯結」。這種聯結使男性對女性無論精神和肉體上都會絕對的忠誠，可女性依然會被其他異性吸引。但是在第一次聯結之後，她的身體在第二次孕育同一個伴侶的後代之前，會排斥其他男性的精子。

也就是說，也許她可以和其他男性交配，但卻只能為第一個伴侶生育後代。

而繁殖期五年才有一次，所以沒有女性會把寶貴的繁殖機會浪費在別的男人身上。

原來蘭尼那時候說的「只要結成伴侶就不會再有人追求」是特指男性。也對，他那時候是以修澤為例。

在與同一個配偶所生育的第二個孩子出生之後，她會很快再次進入繁殖期而非五年之後，並且她的生殖系統不再排斥其他男性的精子，轉而排斥第一位伴侶的精子。

若有第三個後代出生，這位女性又需要五年左右的時間才會進入繁殖期。此後，無論有沒有第四個後代，她的身體不會再浪費時間精力產卵，但也只有從這個時候開始，她才會和地球女性一樣，幾乎隨時都可以進行交配。

已經決定繼續攻讀生物學博士學位的小白抓下巴。乍看之下會覺得嬰兒出生率太低，但仔細想想，這其實是十分有效率的繁殖方法。

不虧是戰鬥型的3P種族才能使用的解決方案。

那麼好鬥的種族，大概只有在這種自然條件下，兩位男性才能盡力克制住自己的獨占欲和嫉妒心，和女性一起盡可能的為他們的後代創造更好的生存環境。

而男性在聯結時會對女性絕對忠實，這才保證了兩個男性願意同時照顧、分享一個女性，並竭盡全力撫育她的後代，不管那個孩子是否是自己的。

嗯……這麼看來艾爾的爸爸媽媽很有效率啊……他爸爸帶著他媽媽滿宇宙亂跑去做雇傭兵，其實是怕皇后接受別的男性吧？

這一切和地球實在差得很遠。

這麼一想，小白真的覺得蘭尼的猜測在某種程度上是正確的，艾爾的叔叔在第一次實際交配之後，發現自己以為的一生承諾不過是別人的一夜歡娛，一定被打擊得很慘。

但是為什麼他後來又和很多地球女性進行了交配呢？

她正在思索，小冊子又有溫馨提示了：**有問題可以提問喲！**

小白馬上問出自己的疑問。

小冊子給出的答案和她猜想的差不多。

搖滾教父可以在地球上隨便嘿咻，是因為他雖然交配了，但聯結卻沒有實際完成。原因和他的後代都不具有賽德維金人的特徵是一樣的，他們的腦波並沒有達到契合，大腦沒有受到這方面刺激，自然不可能釋放出聯結時的激素和荷爾蒙。

疑問得到解釋之後，小白再次沉思。

忽然有種跟艾爾嘿咻了就要對他負責一輩子的感覺，好像有點沉重。

不過，比起這個，小白還是更想知道，他們的一年相當於地球的多少年。

儘管有了心理準備，但小冊子給出的答案還是讓她吃驚。

所以蘭尼才會來了地球十年還保持著二十幾歲的樣子吧？

那麼……十年之後的艾爾呢？二十年後呢？我變成老太太了以後呢？

她一點也不指望小冊子能給她這問題的答案，隨口一問，沒想到那個講解的聲音卻像是早就等著她問了。

「為親王殿下生育過的幾位長期伴侶都有衰老速度減緩的情況，因為她們和親王交配時，自由基被親王的基因干擾。」

「啊？什麼意思？」

小冊子這次被問倒了。

不過，它可是賽德維金的高科技書籍，不僅收錄了賽德維金的百科知識，還連接了地球的知識庫，比它的創造者淵博得多。

它連接到了蘭尼為它準備的地球知識資料庫，成功的在地球民間傳說中搜索到了相似的故事來舉例說明。

這些故事中的主角無一不是遇到了神仙妖怪，與其啪啪啪之後也變得不老不死，或是有了非凡異能，比如北歐傳說中最英勇的王 Beowulf，還有……

小白感到自己童年的一角坍塌了。

她趕快制止小冊子，「好了好了，我大概明白了。」

小冊子補充，「我們進行過這方面的研究。理論上，當妳和艾爾完成聯結，妳會在他的基因液和他釋放的激素影響下，衰老速度迅速變得和他相同，這是基於你們基因配適度而得出的結論。親王的幾位配偶衰老速度雖然減慢了，但並沒有同步，是因為缺乏激素的刺激。在你們的衰老速度相同之後，即使沒有他的激素，速度也不會再改變。」

小白想了想，第一次真正對艾爾的種族產生敬畏之心。他們實在是非常頑強，能成為宇宙間的霸主絕非只是幸運所致。

他們歷經各種考驗的基因彷彿早就知道遲早會和異星人交配繁殖後代，竟然能通過聯結延長對方的育齡。

其實在看到賽德維金人的繁殖方式那一段時就應該想到的。他們的女性要在十年內才能完成對第一位伴侶的生育任務，可是，這十年是以他們的時間計算的，地球上某些地區的平均壽命都沒有這麼長。

而且，他們孕育胎兒所需要的時間顯然比地球人長很多，但並沒聽說親王的幾個子女有誰是那麼久才生出來的。

這是因為他們是在沒有完成聯結的情況下孕育的嗎？

小冊子對這問題沒有完全確定的答案，只說在基因模擬實驗中，結果是混血胚胎的生長速度會和普通地球胎兒一樣。但因為聯結時的激素和腦波刺激是不可能在實驗室條件下完美的模擬，所以並沒有確定結論。

就是說，如果她真的和艾爾生育後代，出現的情況可能並無先例可循。

不過，現在想這個還早呢，誰會大學上到一半跑去生孩子啊。

小白安下心，問別的問題，「那麼，你們的男性也是每五年才進入一次交配期嗎？」好像不是。至少在地球上不是。

小冊子是這麼說的，「他們可以隨時進行交配，才能在找到伴侶後盡早生下自己的後代。至於解決生理的需求，方法和地球上的男性大致相同。」

小冊子又體貼的提示：有隱藏內容，妳希望繼續嗎？

這次小白選擇了「稍後再看」。

「那麼沒有伴侶的男性呢？」

答案讓人掩面哀嘆。

賽德維金星在人口危機爆發之後，將所有展示女性線條的藝術品、三維投影、印刷品都束之高閣，女性服裝也回歸保守，不是軍服就是長袍。

同時，「全息模擬技術能給您帶來高度模擬的體驗，您還可以輸入您傾慕的女性的影像、聲音資料……」

看完這段宇宙最高級的虛擬性愛玩具廣告，小白以頭搶地。

那種問題還用問嗎？看到蘭尼那些戀愛遊戲和美少女模型還不明白嗎？

不過……

小白突然想知道艾爾是不是也有這種東西！

什麼都知道的小冊子，你知不知道這個呀？

小冊了在她胡思亂想的時候自動返回了上一頁，開始播放她剛才選擇「稍後再看」的那些圖像。

有一瞬間，小白覺得這小冊子一定有更高的智慧，因為它已經回答了她剛才在腦子裡的問題！

在那些為了加深美感而被矇矓化了的圖像中，一個少女正在努力的為艾爾各種嗶嗶嗶——

毫無疑問這冊子的製作者提取了她的形象，並且很體貼的考慮到她的心情，給那個少女穿了件碎花小吊帶背心，還有一條牛仔短褲。

不過……這種雖然穿著但是卻好像什麼都能看到的衣服是怎麼回事？！

製作者果然是看H動畫看多了！

混蛋蘭尼！你不能用文字說明嗎？為什麼要做成gif動畫？

對於這個自然環境相當惡劣的星球，他們的繁衍方式的確是最適合的生存法則。

當然，也造就了苦命而堅強的賽德維金男性。他們如果找得到伴侶，所受的壓力會更大，一生處於與別的男性的競爭中。

艾爾的家族能成為宇宙間要價最高的雇傭兵，顯然也不是偶然。

他們即使在女性最稀少的時代也能獨占伴侶，除了勇武善戰，其他方面的魅力也必不可少。最明顯的，就是外貌。艾爾的叔叔、哥哥，還有他自己，全都是罕見的美男子，想來他爸爸應該也不差。

不過……小白有點發愁。我要怎麼讓艾爾知道我的想法呢？我暫時沒有生孩子的打算。他會不會覺得我也和我的同胞們一樣，道德低下呢？和他……嗯，那個，只是為了滿足肉欲。

啊……他來了這麼久，該不會不知道有個東西叫保險套吧？

要怎麼讓他知道正直的地球好青年都熱愛浪費橡膠做的氣球？

靠暗示恐怕行不通，那麼，直接說的話……啊啊不行！太害羞了。

怎麼辦怎麼辦？

艾爾很快發現看完小冊子的小白變得喜歡去超市了，還喜歡拉著他一起去，買幾樣無關緊要的小東西。

與其說是喜歡去超市，不如說，她是喜歡和他一起排隊付帳的過程。

嗯。這就是小白想到的暗示方式。

因為靠近收銀檯的貨架上，總是擺放著那些你有可能忘了但其實挺需要的小東西，比如，口香糖、巧克力、棒棒糖，嗯，還有……像羽毛一樣輕的超薄盒裝氣球。

去了幾次超市之後，艾爾覺得有什麼非常不對勁，他跟他的男閨蜜蘭尼說了他的疑惑，「她每次排隊的時候就會開始臉紅緊張，交了錢離開之後又會有點失望的樣子。」

蘭尼聽了也覺得這是非常怪異的舉動。

下一次去超市時，他暗中拍攝了大量收銀檯周圍的照片，拿回家和盧斯一起分析。

很容易就得出了結論。

小白也許已經為她和艾爾的下一個里程碑做好心理準備了。

蘭尼和盧斯在感到欣慰的同時又隱隱擔憂，「總覺得事情不會進行得那麼順利。」

「艾爾應該已經知道了吧，地球的女性幾乎每天都可以交配，他隨時可以和小白進行聯結。」

「我倒不認為小白已經打算和他完成儀式了。」蘭尼還是愁眉苦臉的，自從修澤突然來到地球之後，他就一直這樣子，「根據我對她的瞭解，我認為她只是想暗示艾爾，在她的星球上，性文化中有一個部分叫避孕。」

「啊……」盧斯受到了很重的打擊，「我怎麼會只看到玫瑰色的那一面呢？艾爾對這個有多少瞭解？」

蘭尼抓抓頭髮，「你看過用套套的H漫嗎？」

「呃……沒有。」

「所以……」

盧斯思考一下決定，「暫時不要影響他的心情，讓他專心結束戰爭吧。」

「我同意。」

「聽說最後的戰役在幾週後就會有結果了？」

「艾爾是這麼說的。」

「首輔大人那邊已經得到消息了嗎？」

「是的。」

盧斯又問，「首輔大人和他的艦隊現在到了哪裡？」

「很不妙。他們去的地方都很相似，都是附近有重力、磁場和地球相仿的小行星帶。我猜測他是在努力練習適應地球的環境。」這也是蘭尼樂觀不起來的原因之一。

「……也對。首輔大人要是就這麼放棄了，好像也不配在自己的名字中加入賽德維金的姓氏了。你覺得有什麼是我們可以做的？」

「歷史上似乎還沒有共用伴侶的皇族。」蘭尼憂心忡忡，「我希望小白能快點做出什麼決定性的舉動，讓首輔大人知難而退。」

「總之，什麼都不要跟艾爾說，讓他專心決戰吧。」

於是，艾爾專心於與卡寧星系的最後一役。

他從蘭尼那得到的解釋是：沒什麼，也許小白想吃糖，你想太多了。

第５０章

情敵現身

復活節的假期結束之後，在幾週之內，整個校園隨處可見眼圈發黑臉色蒼白，卻異常興奮的年輕人。他們名叫應考生。

期末考來了。

順便說一句，艾爾沒去參加HSK的考試，他把時間花在跟小白耳鬢廝磨和指揮戰爭上了。

所以，在整個校園處於狂熱的應考狀態，圖書館和閱覽室通宵開放時，他靜靜的縮在他樓梯下的房間裡，不理世事。

可是，世事會找上他的。

他的麻煩是由他的那位前情敵而起的。

馬可同學在瑞典被小白再次毫無猶豫和歉疚的扔下，裝在啤酒瓶裡的心連瓶子一起碎成渣渣。他被失戀的黑洞吞噬了。

雖然理智上他知道，小白硬派的拒絕方法對他才好，還體貼的讓緹娜來照顧他，但是，這並不代表情感上他能接受她的安排。

帶緹娜去燭光晚餐時，馬可坐在彷彿舊電影布景的餐廳裡，努力對他面前的美女微笑，想讓自己做個合格的情人節約會對象，可是——他腦子裡像是在反覆播放這句話：要是我喜歡的人是她多好，可我喜歡的……是蘇小白。

唉，我喜歡的是蘇小白。不是因為她長得像我的二次元初戀。不是因為她聰明。

而是——因為她是蘇小白。

但是她不喜歡我。

回來以後，馬可又一次把自己淹沒在海量的工作裡。

反正他喜歡的人即使看到他，也像是看不到他，一向注重外表的馬可變得不修邊幅，以至於緹娜再次和他視頻聯繫時嚇了一大跳。

網路另一端的馬可看起來活像個躲在山洞裡的野人，眼窩凹陷，鬍子拉碴，把半張臉都遮住了。哪還有那個會走路的放電機器的風範啊。

她必須要趕快去見他。拯救他，征服他，徹底得到他。

但她不能就這麼去，她必須師出有名。

於是緹娜決定接受大學的邀請，成為新實驗室的一員——如果面試成功的話。

所以，她來「面試」了，機票錢和住宿費還是大學替她出的。

不過……她不打算用住宿費了。

緹娜的計畫進行得十分順利。她見到了在感情上處於十分脆弱時刻的馬可，和他愉快的交談，一起吃了晚飯，然後到他的小公寓喝杯咖啡，再喝了點小酒。

再然後嘛……一起吃了早餐。確切的說，是早午餐。

再再然後，命運來敲門了。

到化學系拿試劑，得知馬可從昨天下午到現在都沒出現，而且最近已經工作得發狂了。占了人家很多便宜的小白還是有良心的，她擔心馬可病倒了，打電話找艾爾一起去看他。

小白不傻，在馬可最脆弱的時候絕不能再給他虛假的希望，艾爾必須跟她一起出現。

不過，馬可公寓房門打開的那一刻，她知道，那個男人已經不用她再擔心了。

開門的是緹娜。

腳。

她的長髮在頭頂挽了個髻，只穿了件男式襯衫，兩條光潔白皙的長腿從襯衫下襬露出來，光著

襯衫顯然是馬可的，因為胸前口袋邊緣繡著小小的花體字母Ｍ．Ｌ，他名字的首字縮寫。馬可同學很愛美，而且聽說是出身於威尼斯的世家，帶點貴族氣。

小白指指那個繡花，笑了，「哦，原來妳在……ＭＬ。」

緹娜沒笑。事實上她露出十分驚恐的表情，彷彿小白身後站著一個青面獠牙的怪獸。

小白轉過頭，看到艾爾微微皺著眉。

他們認識？哦……為什麼我會沒想到？金髮、大胸、長得像芭比娃娃，還有食腐動物的眼神。

原來她就是那個女人。

小白沒能保持禮貌，冷哼一聲就轉身走了。在艾爾看來，她的醋意來得毫無道理，所以他短暫的愣了一下。等他追出去，小白已經不見蹤影了。

其實她並沒走遠，她在小巷子裡轉了個圈，走回原地。這時艾爾已經「追」得很遠了。

馬可家的門鈴很快又響了，那是去而復返的小白。

這次開門的還是緹娜，不過她已經穿上自己的衣服了。她對房間裡說了一句，「我出去一下，等我。」

小白把緹娜領到了那間差點把首輔大人毒死的小咖啡店，再次點了兩杯柳橙汁。緹娜喝了一口，立即抓起餐巾紙吐在上面，又要了杯冰水灌進去。

「喂，沒想到妳挺惡毒的嘛。」緹娜一邊喝水一邊打量小白，忽然笑了，「放心吧，我對妳的ＥＴ沒興趣。不過──」

緹娜的藍眼睛亮得像裡面裝了碎冰塊，「我想知道一件事，他到底是不是新實驗室的幕後老

闆？」

看來馬可剛才給了她一些情報。

小白直視她的眼睛，「是他沒錯。妳要回瑞典了嗎？」

「我為什麼要回去？」緹娜又笑了。多明顯啊，她的兩大威脅互相勾結被擺平了，她才不會回去呢。收斂笑意，她有點憂慮的開口，「妳……妳知道他們的真正身分嗎？」

小白反問，「妳知道？」

緹娜這才發現，她對面這個像瓷偶一樣的漂亮小女孩，內心其實藏了頭猛虎。她沉默了一會兒，終於點頭，「我的直覺告訴我，他們不是地球生物。」

氣死我了！小白在內心怒吼。

什麼直覺啊！

發現緹娜竟然是上一個替艾爾選中的交配對象之後，她就不自覺的在心中比較，她站在人家旁邊，就像個尚在發育中的小女孩！

哼。艾爾還說什麼是個胸大無腦的，胸是很大，但人家哪裡沒腦了？而且憑直覺就發現艾爾一夥人的真面目了，這等於是在說她蘇小白遲鈍嘛！

看到小白面色不善，緹娜趕快巴結未來的老闆娘，「我完全跟他不來電，他也一樣。這樣妳還有什麼不高興的？」

說的也是啊，我為什麼還生氣？小白想著想著，眼睛裡就憋了一泡淚。

我覺得不公平！委屈！因為我是被挑選的那一個！要是他那時挑中緹娜了呢？

「妳哭什麼啊？」緹娜徹底不知該拿她怎麼辦了，「我那麼喜歡馬可，妳卻完全不把他當回事，隨便往旅館一扔就打電話叫我去認領，我還真的去了。我比妳委屈多了吧？我都還沒哭呢。」

小白聽著噗嗤笑了，她擦擦眼淚有點抱歉的說，「也不知道為什麼，反正想到當初他們替艾爾選的是妳，我就難受。」她看看緹娜的臉，又看看她的胸，「妳好像更符合他們的期待。」

「他們是誰？他的那些隨從嗎？他們又沒最終決定權，妳管他們說什麼。」緹娜指指小白，「而且妳也不差啊，雖然不大，可是形狀很棒，還不用擔心下垂！我都想握在手心感受一下了！」

女色狼！小白捂住自己的胸口瞪她。

緹娜又笑了，這次是那種齧齒類小動物的笑，「妳也申請他們的獎學金了？然後參加測試？他們怎麼找到妳的？」

小白搖頭，「妳先說妳的經歷。」

比起小白，緹娜的經歷簡單直接得多。

她大約八年前得到一個獎學金機會，參加了一連串考試之後進行面試，結果發現真正的面試官，其實是個比她大不了幾歲、靠在角落沙發裡一臉不悅的年輕人。

和他眼神接觸的瞬間，她脖子後面的寒毛全站了起來。

「直覺告訴我，我面前坐的是最頂級的獵食動物。在直覺的驅使下，我立即作出了一臉花癡的樣子。」緹娜拍拍心口，「啊，現在想起來，真是覺得我其實可以去演戲的。我的演技太棒了。妳能對著一頭大白鯊露出看到布萊德彼特時的表情嗎？」

「不能。」

「然後他們很快就讓我走了，不過獎學金我有拿到。好了，我說完了，現在該妳了。」

小白喝了口柳橙汁，「妳提到幾次『直覺』，我想知道那究竟是什麼。」

緹娜仰頭長呼了口氣，「好吧，從妳的反應來看，妳應該已經知道他們的真面目了，而且就還喜歡上了他，所以……我接下來說的話妳大概也可以接受，而不是把我當成瘋子。」

類。

「說吧。」小白身子向前傾。她知道，緹娜要說的，和麗翁平時跟她八卦時說的東西絕不是一

第51章

共生型外星人

緹娜開始敘述，「我從很小的時候，就有比常人敏銳的『直覺』，它會在危險的時候出現，警告我。我很難說清楚它究竟是怎麼和我交流的。」

「交流？」小白放下杯子，「妳是說，它其實並非直覺，而是，更像是……」

緹娜點頭，「沒錯。它更像是一個獨立於我、但又依附於我的個體。生物學上這種情形我們叫——」

「共生。」小白替她說出來。

緹娜又點了點頭。「是的。和『直覺』對話的感覺十分奇妙，當我長大才知道，自己的感受不可能跟妳進行對話，也不可能告訴妳自己並不知道的知識。

「當我十歲時，某天在看介紹宇宙的節目，電視螢幕上出現的星系是我前所未見的，可是——在解說員說出那星系的名字之前，我的『直覺』就先說出來了。

「我的父母都是農夫，我家裡也沒有天文類的書籍，那電視節目也確實是我第一次看，那麼，這是怎麼一回事呢？」

緹娜雙手交握，放在下巴下方，「住在小農場的我為了弄清楚答案，把我家附近所有圖書館和書店裡的書都翻了個遍。起初我覺得這和靈媒、心靈感應師的經驗有相似的地方，但很快又發現其實完全不同。我買到了一臺測腦電波的古董儀器，就是那種把塑膠片貼在頭上，然後插上電，用雨刷似的印表機在一卷紙上列印出來波峰波谷的那種。」

「妳立即做了實驗吧？」

「沒錯。我把自己連在機器上，努力集中精神，和我的『直覺』對話。我問它許多問題，比如喜歡什麼顏色？今天去了哪裡？看到黃色氣球會想到什麼之類的。然後，我又問自己這些問題。記錄下的電波有很大的區別。」

「這幾乎可以證明它獨立於妳之外了。」小白從開始就以嚴謹科學的態度看待緹娜所說的「直覺」，「如果妳可以跟它進行更深刻的對話，也許它會告訴妳更多關於它的事情。」

緹娜讚許的再次點頭，「我也是這樣認為。所以我在那以後用了各種辦法試著和它對話。當然了，那時我已經十三歲了，我的理解力提升，想像力更豐富，能接觸的書籍和知識也更多了。」

說到這裡，小白由衷的認為，緹娜小時候明顯比她小時候聰明多了。那個時候的小白，整天想著寫不完的作業，假期還要去什麼奧數班，可人家緹娜都已經研究天文、地理、外太空還有神學、玄學了。

「我的一個親戚在日本住過一段時間，他告訴我，佛教有個叫禪宗的派別，禪宗的高僧會長時間冥想，通過練習，可以和內心對話。道教中則提到一種『一氣化三清』的說法，當時很令我著迷。」緹娜說到這裡停頓一下，「我接下來要講的東西可能會讓妳覺得不太舒服。」

「說吧。它一定是告訴妳它的來歷了。」小白有種聽故事時的緊張新奇感，她握緊面前的玻璃杯。

「是的。我的『直覺』是來自遙遠星系、在宇宙間遊蕩的生命形式，它沒有形體，存在形式是一組電波。它來到地球後，就寄生在生物身上。

「它也告訴我它所來的地方，那地方天文學家還未發現，但那附近的星系卻已經得到證實，所以，『它』是的確存在的。」緹娜繼續講，「它們的生命形式和生存目的都和我們大相逕庭，我當初費了些時間才接受、理解它的說法。」

「妳剛才說，它沒有實體，以電波形式存在，在宇宙間遊蕩。」小白大膽推測，「我想它們並不交配繁殖，也不會輕易死去，那麼它們的生存目的……莫非就是不停的在星球之間遊蕩？」

緹娜發出一陣嘰嘰笑聲，「妳還真的挺聰明的啊。它告訴我，它的名字就是『流浪者』。從一個生物體內到另一個生物體內，一個星球到另一個星球，它們生存的目的就是不停的體會各種生活方式。」

「那麼我們現在說的話、看到的東西，它也能感覺得到？」

「應該是可以。」緹娜不理解為什麼小白一臉痛苦，「怎麼了？」

「妳不會覺得不舒服嗎？那種時刻有人在觀察妳的感覺。」

「不會啊。我是和它一同生活、領略人生的美妙。」她嘆氣，「很難向妳解釋這種感受，就像它既是我，又不是我。它會幫我趨利避凶，在我沮喪、失落、痛苦、迷茫的時候鼓勵我，在我得意忘形的時候提醒我，這不好嗎？」

緹娜接下來的話才真的嚇到小白了，「而且，妳又怎麼知道妳身體裡沒有流浪者呢？說不定還不止一個呢。有時兩個以上的流浪者會共同住在一個地球生物體內。」

緹娜問小白，「妳難道沒有內心有兩種聲音在辯駁的時候？又或者在想做壞事的時候，聽見內心的良知在跟妳說話？或是在嫉妒憤怒的時候聽到惡毒的誘惑？妳怎麼知道那是妳的潛意識，而不是具有更高智慧的流浪者對妳的提醒？」

她的這些問題讓小白無法作答。

「流浪者也很鬱悶啊，對於它們來說，我們只是載體，就像一輛汽車，可是車子卻以為我們要霸占它，瘋狂的撞電線杆，乘客要換車也挺不方便的。還有，有些車去的地方無聊極了，所以一些流浪者更願意寄居在野生動物身上。」

緹娜抿起唇笑了，她小聲說，「我想盡量讓我的『直覺』體會人生的精彩，所以我答應接受你們大學的工作了。而且……嘿嘿，它對我們的社交活動很感興趣。」

「昨天妳和馬可社交得似乎挺有成果的？妳的『直覺』對它觀賞到一切的還滿意嗎？」

緹娜嘰嘰笑了，豎起拇指，「當然。他既有男人的性感，又有男孩的純真。」

他的純真已經被妳這傢伙給收割了吧？小白在心裡說。

「那妳的『直覺』是怎麼警告妳的？就是在見到艾爾他們的時候。還有，為什麼今天早上我帶他去，妳的『直覺』卻沒提醒妳呢？」

「它告訴我，他們並非地球生物，是來自遠方的戰鬥種族，宇宙間被他們毀滅的星球和種族不計其數。他們讓我走過去檢查是否攜帶武器的安檢門，其實是檢測我身體健康狀況的裝置。至於今天，大概是因為妳的ET根本沒有任何要戰鬥的意思，或是心情很好吧，我的直覺完全沒收到任何敵意。那麼現在換我問妳了！」

緹娜拿了張餐巾紙，從口袋裡取出一支筆，飛快寫下一個個問題，「第一個，妳見過他們的真面目嗎？」

「妳看到的就是他們的真面目，他們和我們的基因有極大的相似度。」

「他們是來地球繁殖的？」

「是的。」

「嘰嘰嘰嘰！」緹娜笑了，她不懷好意的看著小白，「那麼……」

「別寫了緹娜，這些問題我不會回答妳的。要是妳想知道，可以去找我的ET直接問。」小白朝她的餐巾紙上瞟一眼，女色狼！

「真不公平！」緹娜把紙揉成一團扔桌上，嘟嘴瞪小白。

小白猶豫一下問她，「妳問問妳的直覺，它那麼害怕艾爾他們，是不是因為他們的光波可以消滅它？」

緹娜稍微仰臉看著半空，隨即打了個寒顫，驚恐的點點頭。

「告訴它，好好在這兒享受生活吧，只要它願意維持現狀，他們不會為難它的。」小白決定把奇路的事告訴緹娜，「它也不會是新實驗室成員裡唯一的異星人。有一個人，他的星球毀滅了，現在在地球生存，因為外貌沒辦法變老，所以一直留在大學裡。他也會加入。」

「太棒了！我等不及要趕快見到他呢。」緹娜伸個懶腰，「我要回去了。馬可說在家吃午飯。」

「嗯。跟他說我想要上次那個化學試劑的配方，他寄到我郵箱裡就行。」小白站起來，朝緹娜和她的「直覺」揮揮手。

緹娜有點懊惱的摸錢包，「這麼難喝的東西還得讓我自己付帳！」

第５２章

婚姻是愛情的墳墓

小白走出咖啡店給艾爾打了個電話，馬上聽到他的手機鈴聲。牆角陰影裡站著的正是艾爾，他磨磨蹭蹭的走過來，「嗯……」

小白笑了，「對不起，我剛才吃醋了。」

和緹娜聊過之後小白釋懷了。

緹娜可以和一個電波形式的ET共生，但卻不能接受異星之間的戀愛；而蘇小白無法想像除了她自己之外任何人住在這具肉身裡，但她確確實實喜歡上了一個異星人。

小白問艾爾，「我和她的話你都聽到了？」

「大部分吧。」

「唉，其實讓她露出那種食腐動物眼神的，是她的流浪者。」她斜著眼角看艾爾，「說不定她跟你能相處得不錯呢！」

艾爾沒有像她想像的那樣惱怒、撒嬌，他沒頭沒腦的說了一句，「我早就跟馬可說過。」

「嗯？說過什麼？」

「我比他適合妳。」

「切。」小白輕嗤一聲。什麼呀。

「不過，我得提醒妳。」艾爾摸摸小白的頭髮，「她所說的，只是她的流浪者告訴她的，她又如何證實它的話都是真的呢？」

「哎？你是說流浪者其實是很邪惡的東西？伺機控制人類地球的那種！」她緊緊抓住艾爾的手臂，「好像有點可怕。」

「別怕別怕。」嘻嘻，這種被依賴被需要的感覺真是太棒了。

小白越想越怕，「要怎麼探測出流浪者是否寄生在有機體裡？我想查查我身體裡有沒有這種生命。」

「哎呀，就算有，它看到我還不早就走了？」艾爾一邊微笑著安撫她，一邊解釋，「誰也不知道流浪者到底是從何而生的，也沒人能弄明白它們存在的意義是什麼，但它們確實曾經一度肆虐宇宙，很多星球被它們當做玩具破壞。那個雪巴星人的母星，據說引起滅亡的最後戰爭也和它們有關。

「它們到了一個星球之後，就試著進入有權勢的人體內寄居，然後就像玩遊戲一樣，一點點升級。它們為了向同伴證明自己的聰明才智，比賽誰能控制最大的領土，進行遊戲般的戰爭，犧牲的都是那些星球上普通人的生命。

「起初沒人發現它們的存在，可是後來不斷有大野心家聲稱自己承受天命，可以與神對話。這些話如果是平常人說出來，恐怕很快會被送進精神病院，但是當掌握國計民生的人說出這種話，就不能把他當做是普通的精神病人了。這些星球都有共同的特徵，就是星球上有多個勢均力敵的勢力。

「我想，流浪者之間可以進行交流，就像我們賽德維金人一樣，但它們傳送訊息的距離有限，只能在同一個星球上進行，不然，也許它們還會挑起星系間的大規模戰爭。

「有一個星球的科學家對這些發出妄言的獨裁者進行了電波的測試，和緹娜那種類似的，結果的確顯示這些人並非精神分裂，而是被無實體但卻確實存在的東西寄生了。隨後，更多的測驗揭露了流浪者的存在，宇宙間一度陷入了對它們的極度恐慌和瘋狂獵殺。說到這兒，妳應該知道接下來發生的事了。」

「能夠操縱光波的賽德維金人成為怪物獵人？大開殺戒？」

「差不多就是這樣。但我們並非宇宙中唯一能操縱波動能量的種族。流浪者其實很脆弱，它們對聲波、電波、光波等等的攻擊都毫無抵抗力，甚至在地球上也一度被獵殺。有沒有看過驅魔的電影？驅魔者敲著各種響器，不斷吟唱，然後對受害者腦袋猛的一拍！」艾爾做個手勢。

「那就沒有好的流浪者嗎？」

「有啊。但是它們同類造成的破壞太大，並且，除了像我們這樣有極強精神力的種族，其他人幾乎無法抵禦它們的入侵，引起的恐慌可想而知。所以，很多無辜的流浪者也被殺掉了。它們一度消失無蹤，沒想到在地球上還有。」艾爾回憶一下，「那個時候，它大概是被健康探測器引發了警覺，然後聽到我說了句賽德維金語，這才立刻向緹娜示警。」

「你說了什麼？」小白有點好奇。艾爾在她面前從一開始就說地球的語言。

「嗯……」他臉頰微紅，「不太禮貌的評語。」

「那是什麼？」她繼續追問。

「不太喜歡那種類型的女性之類的吧。」他臉更紅了點，低頭看著小白的眼睛，「我喜歡妳。從第一眼看到就很喜歡，後來就更喜歡了。現在……我都不知道有沒有辦法比現在更喜歡妳，因為我想像不到比現在更喜歡是什麼樣的程度。完全想像不到。」

這種突如其來的表白讓小白短暫的無措。

她覺得全身的血液「噌」一下全都變熱了一度，然後隨著血液的流動，身體裡流淌著讓她覺得暖烘烘、甜膩膩的熱流。

既害羞又欣喜，她微微側過臉，又立刻轉過來和他對視，她握緊他的手，突然生出前所未有的勇氣和衝動，踮起腳尖，主動捕捉他的嘴唇。

她的雙唇只是輕輕碰了他一下，她就像失去了全身力氣那樣軟軟的退回去，全靠他的支撐才沒有跌倒，勉強的靠在他身上。

這樣一觸即走又充滿罕見熱情的吻讓艾爾有一瞬間的迷惑。他有點驚訝的微張著唇，小白卻已發動下一輪攻擊。

她抓著他的衣襟，努力向上，然後抱住他的頸項。她的眼睛凝望著他，小聲說，「我也喜歡你。」

這次，艾爾沒再等著她來進攻，主動迎上她，雙臂托住她的腰和後腦，貪婪的含住她的唇瓣。

不過，艾爾很快僵硬住，他鬆開小白，臉色不太好，「妳、妳剛才喝了什麼？」

小白愣一下笑了，「柳橙汁。」

「啊——」艾爾伸手摸摸她誘人的嘴唇，氣哼哼的，「唔。等實際控制銀河後，第一件事就是讓這個東西徹底在地球上消失！」

小白哈哈笑了，她變本加厲的撲到艾爾臉上啵啵啵又親了幾下。

自從舊愛上門表達關懷卻遇到新歡渾身散發著他的氣息來開門，馬可知道他徹底跟小白沒可能了。

經此一役，他退出了華語文化學習小組。他現在開始學習瑞典語了。

或者說，他徹底被緹娜・埃里克森博士的魅力征服了。

不過，馬可對自己沒表現得更忠貞，感到有些失望。

這讓他覺得，他對小白的愛慕和迷戀，其實不過也就是那種程度而已。

馬可扭捏了一陣子才大大方方的和小白進行對話。

他告訴她，和埃里克森博士一同被新實驗室招募的，還有一位奇路・希亞博士。

小白對緹娜和他的事毫不關心，她既沒表現出好奇，也沒有和他調笑，只是像平常那樣接受了他說的事。

這時，馬可才恍悟，她真的從來都沒有在乎過他。這個認知讓他得到最終的釋然。小白身上那團一直以來讓他看到就會心跳加速的豔光剎那間消失了。

期末考試一科又一科的進行，小白並沒像她的同學們那樣恨不得學會影分身術，她發現自己又恢復到從前的狀態，隨時能夠高度集中精神，內心平靜而喜悅。

她猜測，可能她對艾爾已經從「相互吸引」的狀態過度到穩定期了。她對自己和艾爾的戀情已經有了信心。

最後一門課考完之後，麗翁走出考場，提前交卷的小白早就在門口等她了，還給她買了杯可可。

「我完蛋了。」麗翁喝了口可可，一點也沒因此高興起來，「說不定我會不及格。說不定我得重修。說不定我得留級。」

「對考試前還去夜店的傢伙根本沒法同情啊。」

麗翁沒精打采的翻翻眼皮，「喂，為什麼妳說話越來越像艾爾了？」說到這兒她才發覺艾爾今天沒出現，「哎？他不用考試嗎？他現在在幹什麼？」

「在他房間裡……打遊戲？」小白搖頭，「反正他也沒打算要拿大學的學位。」

「啊，這個可惡的傢伙！他來上學就是為了泡妳吧！」麗翁把可可喝完，「走吧，我們去逛街！好多店已經開始打折了！」

每年期末考試結束後立即去逛街血拚，是麗翁和小白從一年級開始的「傳統」。

「不過，今年暑假妳還會留在學校嗎？實習的那份工作八月才開始，接下來還有幾週的假期，妳有要做什麼嗎？要和艾爾去旅行？」麗翁和小白走進地鐵站。

麗翁嘿嘿一笑，上下打量小白，俯在她耳邊嘰咕嘰咕。

小白把她推開，「我才不打算做那種事情呢！而且我們也還沒有……」

「哦天吶，你們在等什麼啊？天天住在一起，居然還停留在Kiss的階段！難道說……」麗翁壓低聲音，「艾爾他有什麼問題？」

「不是啦！」小白臉紅了，「我們準備等到夏天……」啊，不對。好像無意間說了什麼不得了的話了。

現在後悔也來不及了。

地鐵進站時帶來一陣風，吹起她和麗翁的長髮。

麗翁沒說話，但是臉上露出十分不莊重的微笑。

車門打開後，她拉著小白跑到車廂中間坐下。她咕咕笑了幾聲捅捅小白。

小白被逗笑了，「跟妳說了妳不許告訴他！我打算帶艾爾回家見我媽咪。」

「哦！我明白了！」麗翁又激動了，「你們要先見家長，對吧？得到家長的同意之後，艾爾就會騎著大象來迎接妳，然後你們兩個人一起坐在大象背上消失在竹林深處，每天和熊貓住在一起。甜甜蜜蜜的住一個月才回家。」

「……」

麗翁對東方的認識好像是從迪士尼和夢工廠得來的。

「根本不是那樣，也沒有大象。」小白真是為英國的未來發愁，「我不是跟妳說了嗎，我媽拿了一些律師授權書給我簽，還有股權移交的文件。她和我爸徹底分手了。」

麗翁「哦」了一聲。

「她還用我的名字買了一些房產，要屋主本人去才能拿到產權證明，所以我得回去一趟。還有……」

還有，我曾經住了快十年的家也會賣掉。房子裡所有的一切，傢俱、電器、花卉植物，還有回憶，都會被新屋主當做垃圾扔掉。

麗翁拍拍她的手背，「在英國，有一半以上的婚姻最終會以離婚收場。」

愛情到底是什麼？真的是為了繁殖後代而產生的美妙錯覺嗎？

小白恍惚間聽到麗翁問，「妳會帶艾爾回去多久？」

「嗯，兩、三週吧，帶他到處走走，去動物園看看熊貓什麼的。」

「還是有熊貓的嘛！」麗翁覺得自己的想像和小白的計畫相差不遠。

「我還沒告訴他呢，妳別跟他說！」小白又囑咐她，「而且，我還沒買機票。」

「為什麼還沒買？遲了就更貴了。」

「我知道啊！」小白垂下頭，「因為……因為要等艾爾把戰爭結束。」

「打遊戲哪有那麼重要啊！」麗翁不解。

「總之妳別和他說。」

「ＯＫ！知道了。」麗翁鄭重保證，她想了想又問，「不過，妳沒有想過嗎？艾爾可能有私人飛機呀。」

「我知道他有。」不僅有私人飛機，還有私人太空船呢，但是——「但是我也想給他禮物。」

傍晚小白回到家，每從購物袋裡拿出一樣東西就一陣後悔。

在麗翁的慫恿下，她的預算嚴重超支了。她不僅買了耶誕節時去看的那套小吊帶睡衣短褲，還買了一堆她現在看了就臉紅的內衣。

它們根本不算內衣吧？只是帶著漂亮小蝴蝶結的蕾絲和紗網！

小白把頭埋在床上。好後悔！

不過，她還是打開包裝，把這堆一看就知道目的不是被穿上而是被脫掉的騷包小東西拿去浴室洗好，放在浴缸上方的架子上晾起來。

艾爾的戰鬥大概是進行到了最終階段，他從前天早上就一直躲在他的房間裡，連小白回來也沒像往常那樣飛奔出來迎接。那天的晚飯是蘭尼送過來的，他告訴小白，也許明天早上就結束了。

小白聽完臉立刻紅了。

蘭尼敏銳的捕捉到這一幕。耶！太好了，小白似乎已經把「戰爭結束」當成某種暗示了。

半夜小白悄悄走下來，看到艾爾房間的燈還亮著，蘭尼坐在廚房翻著一本小冊子，餐桌上擺了些食物。

他對她笑笑，揮揮手裡的書，「為妳做的。」

小白接過來翻了翻，「是學習語言的？」

「嗯。」

小白向蘭尼道謝之後抱著小冊子回房間了。

賽德維金語好像比她想像的要簡單，但是一定會有很多詞她完全不能理解。

嗯……至少先學會早安吧，我想明天早上跟艾爾說。

第５３章

坦誠相見

前一晚睡覺前忘記了拉上窗簾，第一縷晨光從白色紗簾的縫隙射進來，投在小白的眼睛上。
她皺眉轉過身，矇矓間看到艾爾趴在她的床沿上。
她睜開眼睛，從被子裡探出一隻手摸摸他的腦袋。
他一定是累壞了。
可是為什麼要臥在我床邊睡啊？這樣不難受嗎？
她用手臂撐起身體，看到艾爾盤著腿坐在地上，雙臂垂著，只有肩膀和腦袋斜斜趴在床邊。
這個傢伙。小白對他又是無奈又是憐惜，摸摸他的耳朵，輕輕呼喚他，「艾爾……」
她連續叫了幾聲，艾爾迷迷糊糊「嗯」了一聲。
「別坐在地上，到床上睡吧。」
「唔。」他揉揉眼睛，抬起腿跨在床沿上，一翻身爬上來，然後像隻大狗一樣臥在她身邊。
小白拍拍他，掀開被子，「進來呀！」她說完，忽然覺得自己從剛才開始聽起來有點像大野狼假扮的外婆。
這時候的艾爾真的像懵懂的小紅帽，順從的鑽進小白的被子，在她臉上蹭了蹭，小聲說了句，「我們贏了。」就不動了。
小白側著身，抱住他的後背。
也不知道他在地上坐了多久，他的襯衫和長褲上帶著點涼意，光著的腳也冰冰的。
她把自己的腳放在他腳背上，靠著他的頸窩。
英國的夏季陽光從來都不強烈，這裡的陽光中似乎有種極淡的藍色，所以無論何時都是寧靜的。
小白又睡了一會兒，等她再次醒來，艾爾還是睡得很沉。他像小孩子抱玩具熊那樣把她抱在懷裡，不知做著什麼夢，嘴唇微微嘟著，還皺著眉。

她看著他，忽然覺得自己心裡流的是融化了的棉花糖。她伸出手指，碰碰他翹翹的長睫毛，嘴角不由自主的往上彎起來。努力了幾次，她還是沒法不讓自己笑。

為什麼會這樣啊？明明沒有什麼特別高興的事，可是還是覺得……很開心。

她終究沒忍住，輕輕在他的長睫毛上親了一下。

艾爾皺一下眉毛，睜開眼睛。

小白抱著他的脖子，想著她不久前學會的那句「早安」，嘴唇張開，說出的卻是那句睡前只聽過一次的「我喜歡你」。

說完她立刻笑了，「我本來是想說『早安』！啊！這是怎麼回事？」

這時她意識到不對了，再次看著艾爾，很認真的說，「我是想說『早安』不是『我喜歡你』……啊！」

艾爾樂得呵呵笑，他學著她認真又焦急的樣子，「我是想說『早安』不是『我喜歡你』……啊！」

「嗚。」小白把臉藏在他頸窩裡，「早安，早安，早安。」她練習了幾遍又有信心了，抬起頭，「早安，艾爾。」

「我喜歡妳，小白。」他正經的回應，收緊手臂，把她擁近一點，輕輕吻了吻小白的雙唇。她摟緊他的頸項，緊貼著他的雙唇又說了一次早安。

艾爾小聲說，「嗯，妳學得很不錯，不過……」他舔舔她的舌尖，「這裡要再用力一點。要我教妳嗎？」

「教我說點別的。」

「說『我喜歡你』？」

「『今天天氣很好』怎麼說？」

她的老師很快讓她完全不知道他究竟在教她什麼。

艾爾教她的大概是：「今天的天氣如何？現在看起來不錯，不過有可能會下雨，但也有可能會熱得只穿一件襯衫都嫌多，想把所有衣服脫光光呢！」

那句話是如此冗長而複雜，長到她的心臟一下一下撞在胸腔上，她要急促的喘息才能滿足自己對氧氣的需求，可是又覺得無論如何都無法做到這一點，因為他也要通過她來呼吸。

自從蘭尼搬出去，艾爾和小白多了很多私密的時間，他們也不是第一次有早安吻，可是這次有什麼東西和從前不一樣。

它和艾爾身上此時散發的氣息一樣，瀰漫整個房間，隨著她急促的呼吸進入她的身體，讓她發熱、發軟，讓她的本能漸漸甦醒。

她已經知道艾爾身上那種類似松木的氣味是他的誘導素，賽德維金男性的氣味就如同基因一樣獨特，在求偶時會散發出來。

把這種氣味稱為催情素也未嘗不可。

但她並不是在它的影響下才覺得有這種微醺感，因為她並不是第一次聞到這氣味，而之前也沒有像現在這樣，讓她感到自己像躺在一團甜軟的雲朵上。

艾爾鬆開她，輕輕喘息，他的聲音更加低沉。小白的耳朵在他對著它說話時就開始麻癢。

她微微發著抖，聽見他說，「接下來教妳說什麼好呢？」他的呼吸輕輕擦在她的耳廓上，「告訴我妳想學什麼？還是先練習說妳喜歡我吧？再說一遍。」他輕聲命令。

「你喜歡我。」

「說『我喜歡你』。」艾爾老師改變語序。

「你喜歡我。」小白看著他笑，露出點得意的神情。

艾爾抱著他不聽話的學生，翻身把她壓在身下，雙臂放在她身側。他的重量壓得她小聲「唔」了一下，輕輕在他身下發抖。

「妳的臉怎麼這麼紅啊？」他伸出手指摸她的嘴唇，「再不乖，老師就要懲罰妳了喔。」他低頭，髮絲垂在她額頭上，嘴唇碰碰她的鼻尖，「快點，再說一遍妳喜歡我。」

「你喜歡我。」

「嗯。我明白了，其實妳是想要我懲罰妳吧？」艾爾皺皺眉微笑，抓抓她的兩肋。

小白哈哈笑著掙扎，「別這樣！」

她的老師輕哼了一聲不理會她，湊近她的耳朵小聲說，「現在後悔也來不及了。」他說完按住她的手腕，含著她的耳垂輕咬一下，唇舌順著她頸項的曲線，來回逡巡遊蕩，弄得她像朵在急雨中顫抖的花，瞇著眼睛發出嚶嚶嗚嗚的哀求聲音。

她又掙扎了幾下，艾爾忽然停止了這種幼獸間嬉鬧似的親吻，他的手肘支撐起身體，和她拉開一點距離，用一種沉迷而狂熱的眼神看著她。

小白睜開半瞇著的眼睛，發現他的目光沒停在她的臉上，而是……

她那些和她一樣不堪懲罰的睡衣釦子在兩人磨蹭時早就一個個散開。她的衣襟現在是舞臺上的兩塊布幕，艾爾握著她的手腕向上一抬，拉開了幕簾，展示出本該隱藏在其後的幼嫩肌膚。

艾爾的喉結上下動了一下，聲音啞啞的說了句她聽不懂的話。

出於少女的害羞本能，小白想要掩住胸口，「你說什麼？」

「我說，好漂亮的粉紅色。」艾爾握著她的手腕，不讓她的雙臂攏在胸前，「讓我看看它們。」

她羞得眼淚都要流出來了，覺得自己已經被他用眼神親吻撫摸了很多次，喉嚨深處發出被可憐的嗚嗚聲。

艾爾覺得自己可能已經弄疼了她，趕緊鬆開手，撫摸她的手腕，「弄痛妳了？」

小白搖搖頭。

「那妳讓我親親它們。」

她嗯嗯唔唔著繼續搖頭，想要把手臂遮在胸前，這種羞澀的模樣卻造成了預想不到的誘人效果。

艾爾看到那近在咫尺的粉嫩肌膚，全身的血液似乎一下子湧到了頭上，嗡的一聲，緊接著心跳欲狂。他試探著伸出手想要拉開她的手，忽然覺得鼻子裡有點癢癢的。

小白感到有什麼東西落在自己手臂上，她看了一眼，「啊」的低叫一聲。手臂上有幾滴血，正順著手臂的曲線向手肘流去。

她抬起頭，看到艾爾一手捂著鼻子。

「啊……啊？」不會吧？

小白愣了一下才驚慌起來。在她的認知裡，單手能把地球炸毀幾百次的艾爾是不可能流血、不可能受傷的，除非特殊情況。

「你怎麼了？」她顧不得再害羞，伸手拂上他的臉頰，「是因為太累了嗎？怎麼會這樣？要不要讓蘭尼來看看？」

啊啊啊——為什麼會在她面前噴鼻血啊！太丟人了！

艾爾擺擺手，「沒事，大概是因為天氣忽然變熱了。我……我洗一下臉就好。」他跳下床走進浴室。

小白跟著他爬下床，走到浴室門口，「真的沒事嗎？」

「沒事。」艾爾擰開水龍頭，往臉上淋了些清水。

小白走過去將毛巾遞給他，「要讓蘭尼來嗎？做個檢查什麼的也許比較好。」

「真的沒事。」啊啊太丟人了！艾爾的臉更紅了點，可是，誰讓她那麼可愛呢？

他擦擦臉，剛想把毛巾掛回去，就看到浴缸上方掛著小白昨天的戰利品。

他看看那套黑紗緞帶小蝴蝶結的內衣，又看看旁邊白色玫瑰花蕾絲的那套，啊，還有桃紅色的……

小白打算穿著這些……

噗呲——

可惡可惡可惡為什麼會控制不住鼻血！

小白看著艾爾的鼻子滴滴答答的噴著血，一把抓走他手裡的毛巾，用冷水浸濕掩在他口鼻上，飛跑出浴室打開窗戶大叫，「蘭尼——」

第５４章

消失的小白

當艾爾殿下噗吡噗吡的對著性感內衣噴鼻血時，蘭尼正在為下午總結戰事的會議準備資料。他聽見小白叫他，還以為出了什麼大事。

他飛快從自己的小房子跑出來，拿出備用鑰匙打開艾爾弗蘭德1號的門。

當看到用濕毛巾捂著鼻子的艾爾，還有急得快要哭出來的小白——她睡衣的鈕釦繫錯了，第一顆釦子繫在了第二個釦眼裡——再加上尚未完全散去的誘導素氣味，蘭尼迅速猜到究竟出了什麼事。

蘭尼先安撫小白，「沒事，大概是最近天氣太熱了，鼻黏膜比較脆弱吧。」再對艾爾露出個「你欠我大人情了」的表情。這下大概能爭取到暑假和年終獎金了吧？

「可是流了好多血。」小白還是不放心，全宇宙最厲害的戰士會因為天氣熱噴血？

「真的沒問題。」蘭尼再次安慰她，「能幫我拿一些冰塊嗎？放在一個小塑膠袋裡。」

「哦。我馬上去拿。」

小白送來冰袋，蘭尼又讓她去指揮爆米花小機器人收集所有沾到艾爾血液的毛巾床單。

把她支開了，蘭尼在客廳裡盤問艾爾，「怎麼回事？」

艾爾雙眼冒著幸福的光，「啊……你想像不到小白的身體有多漂亮。比你給的那些學習資料裡所有女主角加在一起都漂亮。」

蘭尼皺著眉，「然後呢？」

「我覺得接下來她可能會同意讓我……」

「你真的做好準備了？」蘭尼有點為他家殿下擔憂，「噴得對方一臉鼻血好像不怎麼浪漫。」

艾爾把濕毛巾拿下來，「你知道怎麼控制鼻血嗎？」

「我沒噴過鼻血，你這色狼！」蘭尼說著把冰袋扔在艾爾兩腿之間。

「哦——」

「學會冷靜吧笨蛋。」

艾爾殿下花了很長的時間在浴室裡洗漱，當他恢復應有的儀態之後，蘭尼已經做好了豐盛的早午餐。

三個人一起吃完飯，小白問艾爾下午要不要一起去游泳，「你還沒去過學校的游泳館吧？就是離馬可家很近的那個玻璃房子，游泳池只有二十五米長，但是人一向不多。」

看著她期盼的眼神，艾爾笑了笑，「嗯……我想我今天還是不要去了。因為……」因為看見妳穿泳裝，我擔心又要流鼻血。

蘭尼也說，「鼻腔裡有創口的時候還是小心一點吧。其實我們對地球上很多常見的細菌都沒什麼抵抗力。」

這麼一說小白又擔憂了，「那我不去了。等一下我就打電話給麗翁。」

「不，不，妳去吧。」艾爾握住她的手，「下午我和修澤，還有軍部的幾位大臣有會議。晚上我們可以去市中心玩。」

好像是為艾爾和蘭尼做掩飾一樣，到了下午，天氣真的更熱了，在室內穿著長褲會出汗。小白打開衣櫥，拿了條白色的雪紡洋裝換上。

艾爾看到他漂亮的女朋友穿著裙子，露出兩條纖細圓潤的小腿，從樓梯上走下來，立刻覺得鼻子有點癢。

他努力想像著「有個冰袋有個冰袋有個冰袋放在那裡」，然後開心的發現自己真的冷靜了不少。

小白伸出手指在艾爾腦門上彈了一下，「幹什麼？」

「妳穿這裙子好漂亮。」艾爾抱著她啵啵啵，「以後多穿裙子嘛。」

小白笑了，「天氣熱了才能穿裙子啊。」

艾爾用手臂蹭蹭小白，「暑假妳想去哪裡玩？不會是繼續在大叔那裡打工吧？」

「不會！我會先帶你出去玩的，然後才開始實習的工作。」她笑了，然後抿起唇，「詳情等我回來再告訴你。」

她要出門了。艾爾抓著她的腰不放，又撒了會兒嬌，覺得她沒有強烈的反對，得寸進尺的把臉貼在她領口。

果然，小白害羞的嗯嗯了兩聲，但是始終沒把他推開。

啊啊太幸福了。好柔軟，好溫暖。

幸福得想哭。

啊啊不行，不是眼睛想哭是鼻子想哭。

他趕快抬起頭，在她下巴上啄了一下，「玩得盡興點，晚上我帶妳出去吃飯。」

「嗯。」

小白走出艾爾弗蘭德1號的大門，抬頭望向廚房的窗戶，艾爾趴在窗臺上微笑著看她，草綠色的圓領衫襯著他的眸子，那雙薄荷色的眼睛綠得像有水在裡面流動。

她揮揮手，站了一會兒才轉身離開。

小白到了游泳館門口，麗翁已經站在那裡了，她飛速衝過來，「喂，妳知道嗎，馬可有女朋友了！是一個胸部很雄偉的金髮女郎，好像是北歐人。」

「嗯，我知道，她叫緹娜·埃里克森，暑假過完就會來我們系的新實驗室工作。」

「啊？妳早就知道了？」麗翁瞪她，「怎麼都沒跟我說？」

「我不知道妳這麼關心馬可啊！」小白無辜的笑。

「哎？妳真的和艾爾越來越像了。」

她們一同走進游泳館，到了更衣室。

換上泳裝之後，麗翁站在穿衣鏡前扭來扭去，「親愛的，妳看我的大腿後面是不是有脂肪團？」

「妳的大腿、屁股都很棒，小腹也沒有贅肉，快走吧！」小白站在她身後笑。

兩人跳進泳池裡游了一會兒，趴在水池邊聊天。

麗翁盯著站在跳臺上的一個男生，「快看！他有六塊腹肌！」

小白瞥一眼，不以為然，「那有什麼，艾爾還有八塊呢！」

「八塊？」麗翁扭過頭看她，賊兮兮的笑，「那最下面那兩塊裝飾用的不是在這裡嗎？」她笑著把手放在自己腹股溝附近，「嘿嘿，妳是怎麼看到的？」

第一次見面就看到了。

小白沒回答麗翁的話，可是嘴角忍不住向上彎起來，一臉笑意怎麼都掩飾不住。

麗翁拖長聲音，「哦——看來妳很快就用得到昨天買的那些內衣啦！」她低頭看看小白露在泳衣領口外面的部分，「妳的C罩杯一定會讓他噴血的。」

「哎？」小白低頭看看自己露在泳衣領口外面的胸，呆了一下。我怎麼沒想到？可惡的艾爾還說什麼是天氣太熱，害我一直擔驚受怕。

她們又玩了很久，泳池的人越來越少了，小白看看時間，「我們走吧。」

「好，我累死了。」麗翁按著水池邊緣，撐起身體，「你們今晚有安排嗎？」

「艾爾說去市中心吃飯。」小白跟在她身後，「是妳又跟他說了什麼吧？」

「嗯。上次我要他帶妳去吃有現場樂隊的燭光晚餐，結果他帶你去了一個海盜城堡！這次我給了他更明確的指示。」麗翁得意笑，「他會帶你去那家叫 baby grand 的餐廳。那裡有一臺 baby grand 鋼琴所以叫這個名字，每晚都有現場的爵士樂，食物也很不錯。真正的燭光晚餐！」

她們一邊說一邊走進更衣室沐浴，麗翁站在小白隔壁的隔間，一直嘰哩咕嚕的跟她說話。小白有一搭沒一搭的回答。

「親愛的，我的潤膚露倒不出來了，你帶了嗎？」麗翁等待一會兒，沒得到回音。她用毛巾裹住身體，走出來，敲敲隔壁的門，「妳沒事吧？」

沒有任何聲音。

麗翁蹲在地上從門縫往裡看，沒有看到小白的腳。

她愣住。

推推門，門還是從裡面關著的。

「好吧，妳嚇到我了，快出來吧！」麗翁有點著急了。她本能的感到危險。

抓緊胸前的毛巾，麗翁推開所有浴室的門，依然空無一人。她不再猶豫，飛快的穿上衣服跑出更衣室。

麗翁沒有到游泳館的接待臺找管理員，她果斷的拿出手機撥電話給艾爾。

在麗翁問她有沒有帶潤膚露的時候，小白剛擦乾身體。她轉過身去拿潤膚露，突然感到腳底一陣震動，緊接著，浴室的燈黑了。

她叫了一聲「麗翁」，沒有得到任何回答。

有什麼非常不對勁，這情況不像是停電了。

小白在純粹的黑暗中伸出手，抓到自己的裙子，她趕快把裙子套在身上，內衣什麼的等會兒再說吧！

這個決定很快被證明是十分正確的。

第５５章

綁架

在詭異的黑暗中，小白做了個十分明智的決定。她沒再花時間去找內衣，直接套上了裙子。就在穿好裙子的下一秒鐘，她感到自己像是個放在紙盒裡的玩偶，而裝著她的紙盒突然被一股大力拋了出去。她想要抓住浴室的門或是其他東西，可是上一秒還保持站立姿勢的小白，下一秒已經五體投地的降落在一個幽暗的大房間裡。

還好，她落在一塊厚厚軟軟的獸皮上，只有膝蓋和手肘摔得很疼，並沒骨折的危險。她的身側是一座正在燃燒的壁爐，木材散發果木香味，發出嗶嗶剝剝的聲音，是這房間唯一的光源。

小白抬起頭，看到離自己不遠的地方鋪著另一塊獸皮，在那不知名動物雪白的絨毛上，有一雙光著的、很漂亮的腳。

她用手肘撐起身體，看到了那雙腳的主人。

那是一個極為美豔的年輕男人。

是的，用美豔來形容男人很怪，可這是唯一能用來形容他的詞。

而男人美到這種程度是令人不安的。

他周身湧動著一種奇特的氣息，像是藏匿在他身體裡的猛獸，隨時會撕裂這個美麗的外表撲出來。

他穿著鮮紅色的絲質日式浴衣，上面繡著一條隱沒在雲朵間的龍，怒目咧嘴的龍首盤踞在左胸口，在幽暗的光線下看來異樣猙獰。他的黑色長髮垂在肩上，兩片薄唇微微向上翹，壁爐的火光映在他的眼裡，眸光陰晴不定。

他看著她，似笑非笑，「嗯？好漂亮的粉紅色。」

小白立刻正襟危坐。她的裙子是白色的。

他放下手中的酒杯，朝她走過來。小白手腳並用向後退縮，當他在她面前停下，她已經靠近壁爐，無路再退。

那男人彎下腰，臉湊在她面前，眸子裡光華流轉，向她伸出一隻手，「妳……」

他只說了一個字，腦袋就被小白用壁爐邊的小銅鏟重重敲了一記。

他的頭被打得向一邊歪去，小白毫不猶豫，再次以標準的高爾夫揮杆姿勢「啪」的打在他腦袋上。

他倒在地上了。

竟然……真的把他打倒了？

小白驚疑不定的看看自己手裡那把裝飾作用大過實際用途的銅鏟，把它握緊。

她飛快打量一下這個裝潢得富麗堂皇的房間。天花板畫著壁畫，牆壁上是猩紅色帶暗紋的絲絨，壁爐對面是四扇細長的哥德式玻璃窗，房間兩側各有一個雕花木門。

她跑到一扇木門前面，試著轉開銅鎖。門打開了，這是個放著各種酒具的儲藏室。

就在這時，窗外昏暗的天空突然閃過一道閃電，照亮了整間房間。小白在一瞬間看清了天花板上的壁畫究竟畫了些什麼。

那是狩獵場面：獵人們跨著駿馬，手中握著槍筒黝黑的獵槍，獵犬露出利齒在草間飛奔，嘴角還滲著鮮血。

她打了一個冷顫，轉身向另一扇門跑去。經過壁爐前，她看到那男人還趴在地上，肩膀好像還抽搐了一下。

老天保佑他不是地球人，不然死了殘了我可能得坐牢。

小白握緊她的武器，衝過去打開那扇木門，出現在她面前的是另一個更加巨大而幽暗的房間。

她反手關上門，飛快向這個房間盡頭的那扇門跑去。

跑到房間中央時，醞釀已久的雷聲終於在窗外轟隆隆炸裂，緊接著是幾道劈開黑暗的閃電。

小白突然發現，這房間的牆壁上有許多閃著幽光的眼睛。她不可自抑的低聲驚呼，心跳像是驟然停止了。

又是一陣攜著閃電的雷鳴，她這次看清了那些閃閃發光的眼睛是什麼。

牆壁上都掛著動物的頭顱。

有巨大鹿冠的雄鹿、狡猾的狐狸、咆哮的熊……還有，猩猩。

牠們被做成了標本，釘在木板上，鑲上玻璃眼珠，現在正用這些玻璃眼珠冷冰冰的看著她。

恐懼此時徹底占領了小白的理智，試著打開這房間的門時她不停發抖，擰了幾次圓球銅鎖，手都滑掉了。

小白嗚咽了幾聲，告訴自己不要怕，又把手放在裙子上擦了擦，終於打開了那道門。

門外，是迴旋式的雙重樓梯，鋪著暗紅色的地毯。

她抓緊手中的銅鏟，衝下樓梯。

當她快要跑到樓梯盡頭的時候，她的好運用完了。

光著腳在這種厚實的地毯上飛奔不是件容易的事，她踩在樓梯的邊緣，失去平衡，離地面還有五、六階的時候摔了下去。

「啊——」

沒等她的尖叫結束，小白就著陸了。不過，沒有她想像中的疼痛。

她的雙腿貼在地毯上，可是上半身落在一個溫暖的懷抱裡。她睜大眼睛，一瞬間被絕望淹沒。

托著她的腰、把她抱在懷裡的，正是那個本應該倒在樓上的男人。

他露出小孩子看到漂亮糖果時的那種笑容，「咦？形狀很不錯嘛。」

小白又羞又怒。她掙扎一下坐起來，把背後散開的裙襬蓋好。

他也不阻止她，只是繼續看著她笑。

「我沒想到妳會使用暴力呢！不過……」他微笑著把她左手的手指一根根從銅鏟手柄上掰開。

小銅鏟落在厚厚的地毯上，幾乎沒有發出任何聲音。

他微微俯首，呼吸拂上她的臉頰，聲音越來越低，「要是妳再這麼不乖，我就……」他說著把她的食指舉在唇邊輕輕咬了一下。

他咬得並不疼，可是小白一下子想到了樓上那些掛在牆壁上的動物腦袋。

小白一瞬間毛骨悚然。

她完全不敢想像眼前這個美豔男子要對她做什麼。

「咦？我幹了什麼嚇到妳了？」他放開她的手指，微微側著頭看著她，語氣驚奇而不解，可臉上卻帶著微笑。

他話音未落，小白又感到一陣失重，她眼前劃過一條閃電，再次陷入那個怪異的黑暗。不過，這次的黑暗很短暫，幾乎就是一眨眼的時間，她再次著陸。

這次，她仰面朝天跌落在柔軟的床褥間，看到雕花床柱頂上掛著白色蕾絲紗帳。同時，雷聲炸裂，轟隆隆的響起，像是整個世界都要被毀滅了。

她驚恐地向床頭退縮，他微笑著看她，舉起雙手，像小孩子遊戲時假裝猛獸那樣，「啊嗚」一聲，把她撲在身下。

在他撲上來的那一刻，小白短促的尖叫了一聲。

沒等她做出任何反抗，他坐起來，單手輕握住她雙手手腕，望著她微笑輕聲數，「一……二……

三。」

數到三的時候，他鬆開手，打開床頭的小燈。他俯首盯著她仔細看了一會兒才開口，「妳看我的眼神像是害怕我會吃掉妳。」他說著忍不住哈哈一笑，「妳可真有趣，我怎麼會吃妳？不過——」

他把她被淚水黏在臉上的髮絲拂開，嘻嘻笑著，「妳看起來確實美味極了。」

他這麼說的時候，小白突然發現無論她再怎麼努力，都無法動自己那怕一根手指。更深一波的恐懼和絕望如同海嘯一樣把她吞噬，她的胸腔深處發出嗚咽。

難道要眼睜睜看著自己被做成標本？也許只有被吃剩的部分才會留著做標本，就和那牆上掛著的熊和麋鹿一樣？

「哈哈，妳該不會真的以為我想吃掉妳吧？」他抱著她，像是安慰她似的輕輕撫摸她的後背，「不會啦！妳可比普通的食物有價值多了。」

小白胸口激烈的顫抖著，她急促的呼吸幾下，淚流得更厲害了。

他用手指梳理她沐浴後還未乾的髮絲，「這洗髮精的味道真好聞。是橘子和玫瑰花香的嗎？」

她抽泣一聲，沒有回答他。

「喂，別再哭了。」他微微皺眉，俯身靠近，嘴唇貼在她耳邊，「妳再這麼哭下去，說不定我真會凶性大發哦。跟我進行點智慧的生物間的對話吧。」

小白深深呼吸幾下，漸漸平靜下來。

是的。他說的沒錯。

大費周章把她弄來，如果只是當做食物資源，那也太蠢了。可是……

小白強忍住眼淚，顫聲說，「我的朋友呢？」

「那個女孩子呀，她還留在那裡呢。我要的是妳，管她幹什麼？」他趣味盎然的看著她，「告訴我妳的名字吧！」

「蘇小白。」

「華人？」

「嗯。」

「妳知道我為什麼把妳弄來嗎？」

「知道。」

「妳好像不想跟我說太多話啊。」他皺一下眉毛，小白一陣害怕，不知道他究竟會做出什麼。

她的身體再次不受控制的輕抖了一下。

他又對她笑了，「我的名字很長，不過，大家都叫我子安。」

她這時才發現他的眸子並不是黑色，而是一種濃豔到極致的深紫色。這種顏色根本不可能是地球人所有的。

「我想妳現在應該猜到我是什麼人了？」他把她的頭髮繞在指間，「不許再說三個字以內的句子哦，不然的話……」他用拇指和食指撚了一下她的唇。

「你是卡寧星系在地球上的代理人。威克森人。」小白聽到自己的聲音仍在微微發抖。

「嗯。妳覺得……」他左手托腮，指尖從她的嘴唇跳到她的耳廓上，轉了個圈，「我抓妳來，是為了向艾爾洩憤呢?還是為了勒索他呢?」

她垂下眼皮，「我希望是為了勒索他。」

他搖搖頭，紫眸半瞇著，「也許都不是，也許我只是為了好玩。也許妳對我來說有別的用處。」

說到這裡，他的指尖從小白的耳朵滑到了脖子上，又滑到肩膀，然後順著她光裸的手臂滑到手肘，輕輕在那轉了個圈，點在她的腰間。

「妳怕我？我碰過的地方寒毛都站起來了呢。」他又笑了。

小白知道一直以來他的笑容讓她想起的是什麼了。

那些把兔子按在爪下的獵犬。

兔子眼裡的獵犬，臉上可能也是這種笑容，牠不知道獵犬到底是要舔舔牠就了事，還是會在下一秒把牠叼起來，撕裂牠的皮肉。

第５６章

奇怪的綁架犯

小白絕望的看著他的指尖順著腰線向下滑，從腰間滑到膝蓋，又繼續沿著小腿滑到腳踝。她終於無法再繼續控制自己不要出聲，她細碎哽咽，身體發抖。

他眼含笑意的握起她的腳踝，再把她的腳掌握在手裡，輕嘆一聲。

獵人終於捕獲獵物時也常會發出這種充滿自豪和欣賞的聲音。

他忽然把目光投在她臉上，像是在猶豫著什麼。他抿緊薄唇，喉結微微一動，握著她腳踝的手收得更緊了一點。

小白一下子被他嚇得出了一身汗，這種表情……簡直就像是面對糖果的小孩在勉力告誡自己「不可以一下子吞下去！」、「這個糖果還有用！」、「咬碎了就不能拿來換地球了哦！」

她似乎能聽到自己的心跳聲。

顯然是看出了她的恐懼，他突然「哈哈」笑了一聲，不輕不重的撓了撓她的腳心。

「唔——」小白癢得忍不住蜷起腳趾，然後一怔，「嗯？」

她的肢體恢復知覺了！她立刻縮回腳，擺脫他的掌控，把雙腿縮在裙子下面，蜷縮在大床的一角。

那個自稱子安的傢伙仍然笑意盈盈的看著她，一副對她的反應很滿意的樣子。

小白瞪視著他的紫眸，對他又恨又怕。

他自顧自的笑了一會兒，忽然側首看向窗子，輕嗤一聲，「都說了我不會把妳當食物啦！」

誰信啊！小白抱著自己的膝蓋，想起前一刻他看她的眼神，依然不寒而慄。

子安對著窗子出了會兒神，轉過頭輕聲問她，「妳會下賽德維金人的軍棋嗎？」

「不會。」

「我可以教妳。」他抓著她的手把她從床上拉起來，「我必須得做點事情分散注意力。」

他將她抱到臥室窗邊的小圓几旁，讓她摔落在一張軟椅上，「規則說簡單很簡單，只要俘獲對方的主艦就能獲勝；說複雜，也很複雜，因為每一枚棋子都可以和其他棋子組合，產生不同的戰力和功能，多枚棋子組合效果更多。」他按一下圓几桌面，取出兩盒棋子，給她一盒。

賽德維金人的軍棋規則和國際象棋相似，但是所有棋子都可以浮在半空。一場棋局就像是一場星際戰爭的模擬，棋子離手後會自動懸浮，成為小小的三維戰艦模型，代表著功能不同的戰艦。等級不同的軍官帶著艦隊進行搏殺，空間中充滿無限可能的航線和偷襲機會，不同棋子組合在一起，可以有許多意想不到的效果，戰機轉瞬即變。

他一邊教小白布陣，一邊安排自己的棋子，「賭點什麼吧？沒有獎品的遊戲不好玩。」

小白低下頭，「我沒有任何可以輸給你的東西。」

他開心的笑了，「呵呵，這樣吧，輸的人要問贏的人一個問題，而贏的人必須作答。而贏的人則可以讓輸的人做一件事，輸的人必須要完成。怎麼樣？」

你在心裡已經安排好誰是輸的人了吧混蛋！還問我做什麼？小白揚起下巴，雙拳緊緊握著，「我好像沒有太多選擇的餘地。」

他點點頭，有點同情的回答，「真遺憾，就是這樣呢。妳要麼選擇跟我下棋，要麼……」他的雙眸亮晶晶的，像是喜歡惡作劇的頑童突然間想到了什麼好玩又好笑的事情。

「下棋吧。」小白不敢和他目光相對，趕快看向已經布好的棋子。

子安「嗯」一聲，開始戰局。

他並沒有因為她是初學者而特別留情。第一輪棋局僅僅持續了將近半個小時。

棋局結束時子安伸個懶腰，「嗯，我有點意外呢，妳的方向感很不錯，好好培養可能會成為很優秀的導航員，可惜，妳出生在地球。沒準明天我就要認真跟妳下棋了呢。好吧，現在說出妳的問題吧。」

「不，請妳先說讓我做什麼吧，我可能需要一點時間想好到底要問什麼。」

下棋的這段時間，小白已經徹底平靜下來。對方把她抓來作為要脅艾爾的人質，不會隨隨便便把她做成標本或是當成地球風味小零食。

子安有點驚異的看著他面前的少女。她不久前已經近乎崩潰，可是現在又恢復了冷靜。她的嘴唇繃得緊緊的，目光堅定，毫不閃躲的和他對視。

哦，對了，即使是剛才快要崩潰的時候，她也沒有任何想要求饒的意思。嗯……有點想知道她究竟能堅持到哪種地步呢。

很好，遊戲要有實力相當的對手才好玩。

他微笑，「那麼，請妳用呼喚情人的語氣叫我的名字吧。」

「辦不到。」可能的話我仍然想用鈍器猛擊你漂亮的腦袋呢。小白恨恨的看著他。現在回想起來，他剛才那些言語舉動並非出於食欲，而是……是調戲。

「哦哦，這麼認真啊。那好吧，修改規則，贏得人只能讓輸的人能夠做到的事情。現在，叫我的名字吧。」

「子安。」色狼。呸。

「嗯。我原以為妳的聲音是因為一直在哭才帶點低沉，原來是天生的。再叫一次可以嗎？」

「等你下次贏了再說吧。現在我問你……」小白看看窗外，她當時真是急瘋了才會想憑著一把小銅鏟闖出去。這座建築坐落在一座莊園深處，在莊園外是廣闊的草地。即使她能走出去，也無法在曠野中生存。

她看向草天相接的地方，「我們在哪裡？」

「北美大陸，一個叫格蘭維斯的小山附近。」他微微側臉，審慎的看著她，「重新開局？」

「好的。」

第二局持續的時間比第一局長得多。小白能感覺到他這次是有意在讓著她，給她更多推敲、學習的機會。但她仍然毫無意外的落敗。

貓和老鼠比賽奔跑時大概也是這樣。

「好吧，這次妳先問問題。」子安的笑容正像一隻得意的貓咪。

「你通知艾爾了嗎？」

「沒有。事實上我不打算告訴他妳在我手裡。」他的臉上又浮現出那種惹人厭的神情，「我費了不少力氣才把妳弄到這兒，現在我想看看他要花多久的時間才能找到這裡——這當然也是遊戲的一部分！哦，現在輪到我了。請妳站起來，走到那面鏡子前面，把裙子掀起來，要掀到露出肚臍才算數啊。」

「不。」死變態！小白抿緊唇，「當然，你可以強迫我。」

他皺皺眉，「唔，強迫女士可是非常無禮的行為。這樣好了，妳站在鏡子前，雙手合十放在胸前，就像在祈禱能遇到白馬王子的懷春少女。這個可以吧？」

小白走過去照做。

他在她身後哈哈大笑，「這哪是懷春少女啊，這是雙手握了蘸毒的匕首，想要召喚惡靈殺死敵人的少女吧。好了，妳是要繼續下棋，還是和我一起吃晚飯？」

第５７章

棋局

小白選擇去吃晚餐。

她在被綁架前已經進行了劇烈的運動，而後又一直處於激動的狀態，早就餓了。在她的援軍到來之前，她必須保持體力，還有維持精神的堅強。

不過，吃飯時小白看著盤子哭了。

本來，這個時候她應該和艾爾在一起的。

她完全想像不到俘獲她的這個傢伙究竟要做什麼。他不會輕易吃掉她，但要是談判不順利，或者是單純想要向賽德維金人示威，那麼他大可以切下她的幾根手指還是別的什麼，快遞給艾爾。

但是——從他的談話裡，她猜測他很可能就是那位代表卡寧星系和艾爾對陣的指揮官，可他的種種表現似乎並不是很看重這場戰爭的勝負，或者說，地球的歸屬。

不然的話，他應該在抓到她之後立即向艾爾和賽德維金人提出要求。

他真正的目的，好像只是想要和艾爾玩一場遊戲。

如果真的是這樣……小白擦掉自己臉上的淚，那麼她的命運就充滿了不可預測性。

也許，她是他用來傷害艾爾的工具。

說不定他真的會把我做成人皮外套再送回到艾爾身邊。

小白知道自己不能再想下去了。她用力擦擦眼角，小聲吸吸鼻子，一勺一勺喝她面前的豌豆湯。

「湯不合妳的口味嗎？」子安笑了，「我好久沒看到誰因為難吃的食物而哭了。」

「不，湯很好喝。」

「那妳哭什麼？自從來到這裡妳還沒笑過呢。」

小白皺著眉，用看神經病的眼神看著他，「我是你綁架來的啊，你見過歡天喜地的肉票嗎？」

他抿唇微笑，「等一下我讓妳做的事就是對我笑。」

「恐怕很難。」小白把湯匙放在盤子邊。

子安搖了搖餐桌上的鈴，盤底那部分桌子緩緩下降，再升上來的時候湯已經被換成了主菜。

小白勉強咽下了些食物，就再也沒有胃口了。

晚餐結束後，棋局繼續。

新的棋局和窗外此時的疾風暴雨完全合拍，他們兩人都下得很快，每一步的思考時間只有幾秒鐘。

雨滴不斷被嘶吼的狂風憤怒的摔在窗上，碎裂時發出劈啪劈啪的聲音。

半小時後，雨停了，小白擲子認輸。

這次她先提問，「你是怎麼鎖定我的位置的？」

「從戰爭一開始我就一直在地球上，這裡是兩大勢力爭奪的焦點，反而最安全。而且，我當時到了要蛻變的關鍵，不能被打擾。在最後這場大戰開始之前，我已經知道卡寧星系一定會失敗，所以……」他看著她的眼睛，停頓一下，「我選擇另一種戰略。

「就像艾爾他們一樣，我們也有自己的衛星，繞著這個小小的星球飛個不停。我先用衛星尋找地球上所有賽德維金人的蹤跡。這是項很耗時的過程，但並不難。他們的腦電波比地球人強很多，而且主要集中在某個緯度之上。

「我鎖定賽德維金人活動最集中、頻繁的區域。你們的衛星當然沒有我的好用，但是為了避免引起他們的注意，我只好借用一下，多花點時間了。終於有一天衛星探測到了很高級的腦波反應。

那種級別，不是艾爾就是修澤。

「嗯，一定是又找到合適的人選，所以來地球相親了吧？隨著戰況的慘烈程度加劇，我猜測這次他們一定是找到了各個方面都十分理想的對象，所以想盡快得到銀河系的實際掌握權。

「再接下來，越來越多的賽德維金人跑到某個區域，我也發現有個較弱的腦波總是在高級的腦波身邊，如果分開，這個人活動範圍一公里內的區域就會出現兩個以上的護衛。不用說，這就是妳。接下來我要做的，就是等待一個妳落單的機會。」

他說到這裡笑了，「游泳池真是地球人才會想到的邪惡東西，大家都穿著那麼一丁點衣服跑來跑去的。可妳好像很喜歡那地方，每週至少會去一次。

「要製造混亂並在引起他們注意之前帶走妳並不容易，計畫一定要非常周密。我設計了幾個計畫，都覺得成功率太低，幾乎就要放棄了，不過呢，就在這個時候，我蛻變了。蛻變之後，我獲得了一個很好玩的新能力。呵呵，看來幸運女神站在我這邊。」他攤開雙手，「接下來的事妳都知道了。還有什麼要問的嗎？」

小白沒有繼續追問，下過幾局棋後她已經對他有些瞭解了。儘管外形上是個男狐狸精，但是——子安的本質和她高中時期那些書呆子同學們沒什麼分別。他有極強的好勝心，對遊戲規則十分尊重。

並且他十分狡猾。

他故意提到了「蛻變」，還暗示用來綁架她的能力是由蛻變得到的，很明顯是為了引起她的興趣。

「暫時沒有。說你想讓我做的事吧。」

他摸摸下巴，「嗯……對我笑吧。」

小白露出八顆牙齒。

「喂，這叫笑嗎？這是想要咬死我的表情。」

咬你我還嫌髒呢。小白輕哼一聲，「這次你先走吧。」

這一局他們兩個都下得很慢，有時一步棋要思考十五分鐘以上，棋局結束時已經是深夜了。

「妳進步得很快，我不禁要對妳刮目相看了。不過，妳可以不要在思考時這樣嗎？」他左手握拳，食指的指節拱起，壓在雙唇之間來回磨蹭，「就是這樣。妳是故意勾引我嗎？」他說著輕佻一笑。

小白立刻感到自己臉頰發燙。

哼，是誰在勾引誰啊！跟面前這個妖孽一比，艾爾、修澤那種含笑斜睨的眼神簡直是正直到不行。

她隨即又想到，不知道艾爾現在在做什麼？她已經失蹤幾個小時了，他一定急壞了。

一直告訴自己不可以想這些事，可是小白在這一瞬還是有了短暫的脆弱。

也許是因為她的精力已經耗盡了。

她覺得胃裡有種類似饑餓的空虛，然後心口酸澀。她垂眸，輕聲說，「好的，我記住了。」

妖孽大概沒想到她會先是臉紅，然後又一副黯然神傷的樣子。他微一愣神，立即笑了，「妳累了。好吧，這是今晚最後一局。我要求妳做的事明天早上再說。妳呢？妳現在要問我什麼？」

「我也保留問題到明天早上。」

「嗯。」他靜靜坐在那看了她一會兒，「妳休息吧。如果有需要什麼，就搖床頭放著的那個鈴。

晚安。」

他說完就走出了房間。

小白站在窗邊，玻璃上未乾的雨滴就像是淚痕。窗外，雨後的星光下隱約可以看到遠處山丘湖泊的輪廓。

她抓著窗簾，身體委頓在地上。

默默哭了一會兒，她聽到一聲小小的「嘰咕」。

嗯？聲音是從她口袋裡傳出來的，她低頭看了看，有個東西從口袋跳到她面前。

是那個愛偷懶的小機器人！

小白趕緊把它抓在手裡。它坐在她手心，眨眨眼睛，用小手捂在自己的圓球臉上又放下來，眼睛從TT變成-.-。

她抹抹臉上的淚，小聲說，「我不哭。你能聯絡上艾爾或者蘭尼嗎？」

小機器人垂下腦袋，搖搖頭。

「那……你能跑回去艾爾弗蘭德1號報信嗎？」

小機器人轉過頭看看窗外，再次耷拉下腦袋。

唉，看來我還是得一個人繼續戰鬥。

小白綁了個包包頭，把小機器人藏在頭頂的髮髻裡。

她擦掉眼淚，把兩盒棋子拿出來，一顆顆重新擺在棋盤上。有時她會猶豫一下，重新擺，漸漸的她越擺越快。

所有棋子懸浮在空中之後，她躺在地毯上嘆了口氣，盯著棋局默默計算。

也許奇襲才能制勝。

她又想了一會兒，雨聲漸漸響起。

第58章

男版狐狸精

清晨時分，下了一夜的雨終於停了。

高地的緯度比小白生活的城市更高，這裡的陽光即使在夏天也不溫暖，但它依然能把人從睡夢中喚醒。

小白走進浴室，簡單梳洗後發現房間已經被人整理過了，嶄新的床單上有個銀色長方形托盤，放著一套衣服和一張字條。

字條上是騷包的哥德花體字，「請穿上這套衣服和我共進早餐。」

看來這就是子安的要求了。

她拿起衣服，哭笑不得。

知道那種嬰兒服飾櫃檯才能看到的連身睡衣嗎？對，就是那種通常還會因為邪惡大人的惡趣味做成各種可愛動物樣子的東西。她手裡這套就是那種，帽子上有兩隻粉白色的兔子耳朵，屁股後面還有個毛球尾巴。

果然是變態。

不過，子安見到她時的反應和小白想像的不太一樣。

他沒有像她想的那樣哈哈大笑，而是——

「怎麼回事？」他皺著眉從椅子上跳起來，拉住她腦袋上的兔子耳朵，「這、這、這就是我送過去的衣服？」

「啊？」不是咩？你設想中的衣服比這個還變態嗎？小白往後退了一步。

子安繞到她背後，「這幫對地球文化毫無概念的笨蛋！我要的是兔女郎套裝！低胸高叉泳裝和黑絲襪的兔女郎！好吧，雖然這個也有兔子耳朵和毛球尾巴。」

小白萬分慶幸，她暗暗感激那個對兔女郎毫無概念的侍從。

她看看自己身上這套和性感暴露毫無關係的兔子睡衣，再看看子安懊惱的樣子，輕輕笑出聲。

子安用眼角瞄她，「妳很開心嗎？等著吧，下次我贏的時候，一定會準備好全套兔女郎制服，哦，還要點別的。」他抱著雙臂上下打量小白，笑得不懷好意，「嗯，還要再加上點道具！」

小白沒理會他的妄想，「現在輪到你了。我的問題是，你為什麼要幫助卡寧星系進行這場戰爭？」

一直浮現在子安臉上的玩世不恭忽然消失，他靜默了一會兒反問，「妳覺得，我們是什麼時候來到地球的？」

小白想了想，「比賽德維金人要早很多。」

他點點頭，「是的。艾爾他們是怎麼跟妳說威克森人的？」

「嗯……北極狐和北極熊。」

「我明白了。」他又笑了，「一定還有其他的話吧？比如很好色、宇宙中最淫蕩的種族，到處亂交之類的。」

「差不多吧。主要是說你們喜歡挑動戰爭，從中獲利。但是我覺得……」小白仔細的看了看他，「你並不像是為了金錢而幫助卡寧星系。」

她和他對視著，都想從對方眼睛裡找到更多的資訊。

她好像又回到很小的時候，和小朋友在玩那個比賽誰先眨眼的遊戲。

終於，子安轉動了一下眼睛，「的確，金錢對我來說沒有太大的意義。或者說，金錢對威克森人不是最重要的。當一個種族瀕臨滅絕，他們就不會再重視金錢了。」

什麼？你們也瀕臨滅絕？小白愣住了。

子安輕輕摸摸她的兔子耳朵，「艾爾沒跟妳說嗎？在他們遭受自殺性的報復之後，他們其實並不是唯一的受害者。那種病毒被賽德維金征服者、雇傭軍帶到宇宙各處，有很多其他種族也感染了。但是沒哪個種族像我們這樣損失慘重。唔，其實這衣服還挺可愛的。」

小白感到驚奇，「我以為那種病毒只針對賽德維金人。」

「的確是這樣沒錯。但是，病毒會不斷變異，適應更多的碳基生命形式。大多數不幸被感染的種族，都出現了男嬰比例增多的現象，雖然造成某一代的男女比例不正常，但這種現象後來被證實是暫時性的。可是，我們的種族，是一種對性荷爾蒙很敏感的種族，正常情況下，一生中的性荷爾蒙都會不斷變化。」

他靜靜出了會兒神才繼續，「我們的母星生存條件十分惡劣，遠古時吞噬同類是很普遍的事情。因此進化到了後來，所有威克森人幼年時期都是雌性，利用性吸引力保障自己不被同類吃掉。性成熟之後，威克森人能自由切換性別，如果愛上的人比自己更強，就會自動變為孕育後代的那一方。」

他說到這裡，小白已經吐槽不能了。

幼年時全是蘿莉……成年後是雙性，遇強則雌……還真是奔放獵奇的種族啊……

雖然子安給她的第印象是「美豔」，但是他完全不缺乏雄性魅力，無論是他的聲音、動作還是眼神、舉動，無不充滿雄性的侵略性。

她很難想像這樣的他曾經會是一個小蘿莉。

子安斜睨她一眼，然後噗嗤一聲笑了，「我們去看一些我小時候的照片。」他拉著小白的手呵呵笑，「準備穿越啦！」

經過短暫的失重，小白和子安落在一張掛著紅絲絨床幔的大銅床上。他從床頭櫃上拿起一個小圓球按了一下，床帳內浮起一片螢幕。

他點點螢幕，一組全息投影依次浮現出來。

「這就是我。」他指指投影上一個穿著公主裙的雙馬尾蘿莉，「怎麼樣？當時全校的男生都暗戀我呢。」

小白看看她旁邊的子安，又看看投影裡那個蘿莉，無話可說。他的小蘿莉版本比現在這個男狐狸精版本還妖豔。

「怎麼不說話了？被我的美貌震撼了？」他笑了幾聲又翻翻其他的投影。

小白指著其中一幅問，「這是艾爾小時候嗎？」

「就是他了。」

投影裡的艾爾比蘿莉版的子安還矮一顆頭，站在蘿莉子安另一邊的，是少年時代的修澤。

哦。我好像明白了點什麼了。

「全校男生都暗戀你嗎？那修澤呢？他也暗戀你？」小白指指照片上的修澤，他和艾爾都看著鏡頭微笑，只有小蘿莉嘛著嘴，側首仰望著修澤。

子安的臉紅了，「哦氣死我了！只有他，只有他不喜歡我！我倒要看看他最後會跟什麼樣的女人在一起！」

「反正他是不可能跟你生下後代的，你就別替他操心了。」小白奚落他。

子安猛的轉過頭，用一種奇特的眼神看著她，嚇得她一抖。

「為什麼這麼說？」

「沒聽說過賽德維金人和威克森人交配孕育後代的。」

「唉。」他頹然躺在床上，「可是小時候總有些奇怪的夢想。不過就算本來可以，人口危機之後也不可能了。我們感染了病毒，卻發現得比賽德維金人還要晚。變異後的病毒使我們感應、改變性荷爾蒙的器官在性成熟後變得遲鈍，幾乎沒有人在成年後可以任意改變性別。」

「啊？」這一刻小白簡直為子安感到難過了。

「雖然沒有穩定的週期，有一些人還未成熟就開始交配，希望這樣可以產下後代。」他的聲音漸漸帶著點憂傷，「但在成熟前，不管是孕育還是產子都很危險，所以，沒有人會輕易嘗試。我的……用地球人的說法，媽媽，在生下我之後沒多久就死了。我爸爸得了抑鬱症，無心照顧我，因為和菲力浦叔叔有些羈絆，就把我送到賽德維金生活。」

小白看著他瀏覽照片，一個高大的美男子抱著小嬰兒，和十分年輕的搖滾教父站在一起。子安的爸爸也是美得驚人，但他一臉哀傷，笑得讓見者心碎。

他們身後站著幾個統一裝束的年輕男子，大概是他父親的侍從。他們無一不是妖豔的美少年。看來威克森人可能都是這種類型。雌雄同體，幼年全體是美蘿莉，不美不蘿莉的都在進化過程中被同類吃掉了，根本沒機會長到成年留下後代。

子安幽幽的說，「所以，我們也像賽德維金人一樣，到處尋找基因的轉換方法，於是就找到了像轉換插頭一樣好用的地球人。」

小白從一開始就對「轉換插頭」這個詞特別反感，剛才好不容易出現的同情立刻消失了，「說得好像我們是自願的一樣。」

「不是嗎？」子安笑得蕩漾誘人，他側身臥倒，束在腦後的長髮有幾綹垂在肩頭，浴衣領口隨著他的動作微微敞開，露出裡面漂亮的肌肉，「你們對美色幾乎沒有抵抗力啊。」

「才不是！」小白扭過臉不去看他。

「哦？不是嗎？」他笑著把她的手拉過來，按在自己胸膛上。

小白滿臉通紅，想把手抽回來，可是他強迫她手掌張開，緩慢的撫摸他光滑結實的胸肌，「一點都沒動心？可是妳的心跳得這麼厲害啊——」

「鬆手！」

「我不想鬆手耶。」他湊近她的臉，欣賞她又羞又怕的表情，把她的手向他胸腹間領過去，在他漂亮的腹肌上逡巡往返，「我和艾爾比，怎麼樣？」

第５９章

害怕

「啊！」小白驚叫一聲。

子安鬆開她，「喂，怎麼樣？我和艾爾比起來誰更令妳心動啊？」

「滾開！」她氣得把手在床上蹭了蹭。

「妳不說的話，我就要一直比下去了哦。」他笑嘻嘻的又去拉她的手，「這次兩隻手一起吧。」

「放開我！」雖然知道沒用，她還是尖叫著要求。

這時他反而突然放開了她，低聲說，「別生氣。」

小白趕快爬起來，坐得離他遠遠的。

「啊，接著說吧。」他拍拍自己身邊的位置，「來吧，我不再欺負妳了。」

小白在心裡豎個中指。子安像個小孩子似的想什麼就做什麼，比起再惹怒他，讓他趕快繼續講下去分散注意力對自己更有利。

於是，她乖乖過去坐好。

子安控制顯示器，投影變成了地球的展開圖。

「從大約一千年前——以你們的時間來計算——陸續有威克森人來到地球。他們完成了交配，卻失望的發現，地球人根本沒法和我們孕育後代。因為對我們而言，你們的生命就像一顆露珠，美麗又短暫。

「我們人口數量一直在降低，當然早就沒有了軍隊，地球對我們而言不過是個娛樂場，沒有什麼保護的價值。但是，當賽德維金人來到地球後，這種看法就改變了。

「威克森和賽德維金兩顆星球的天文環境很相近，他們的生命和我們幾乎一樣長，可是——菲力浦親王卻成功和地球人生下了後代。這簡直不可思議。」子安的嘴唇抿得很緊，他眉心微微一皺，「一定有什麼是他們做了而我們卻沒做的……到底是什麼呢？」

他把目光投向小白，像是在看一樣奇妙無比的物品，「大家商量了一下，認為癥結點可能在於：他們交配的女性是按照某種標準挑選出來的。那個標準是什麼？賽德維金人是不可能告訴我們的，所以我們只好自行嘗試了。」

小白心中隱隱的不安漸漸變得清晰。

「有威克森人和親王的前妻結為伴侶，可是，她並沒有懷孕。親王殿下後來有了其他為他生下後代又和他分手的伴侶，我們也都一一和她們實驗過，但奇怪的是，她們只能為親王或是其他地球人生育後代。這到底是為什麼呢？」

小白被他探究的目光看得渾身不舒服，她用雙臂抱住自己，「後來呢？」

「後來啊，大家決定，先和他們爭奪地球的實際居住權，說不定弄明白那個標準，選擇合適的女性，我們也能和你們生下後代。可我們沒有軍隊啊，所以就只好借助卡寧星系的力量了。我們參考了親王擇偶的標準，但幾十年過去了，仍然沒有任何一個威克森人能使地球女性懷孕。」

「也許是你們的基因和我們差太遠了。」小白綜合子安所說的「雌雄同體」、「蛻變」、「對性荷爾蒙敏感」這幾條，猜測他們也許是從兩棲類或者是昆蟲進化來的。

「不。」他搖搖頭，「我能猜到妳在想什麼，沒錯，我們是有一部分基因和你們星球的兩棲類接近，但是蛇夫星座的人可以和地球人產下後代，為什麼我們會不行呢？細胞實驗也證明了是可以的。」

小白看到他眼神變幻莫測，又開始怕了。

她坐得更遠一點，「謝謝你的回答，我很滿意。你準備進行下一局棋還是要吃早餐？」

子安瞟她一眼，笑了，「妳很會玩遊戲。妳問的都是不花時間就無法解釋清楚的問題。」

「那說明你是個很尊重遊戲規則的人。」小白怕他突然再做出什麼意外之舉，趕緊拍他馬屁，

「我把你當成值得尊重的對手。」

「咦，妳在討好我啊！」他眼珠轉了轉，笑得春光瀲灩，「還是說，妳被我的美色征服了？」

小白不吭聲。

不知為什麼，聽到這話，她想到的是第一次拒絕了艾爾之後，他仰望著她，臉上露出不太相信自己剛被拒絕了的表情。

一想到艾爾，她的眼眶就開始發酸，淚水聚積。她告訴自己不可以再這樣子，轉轉眼睛讓淚流回去。

「妳覺得艾爾今天傍晚之前能找到妳嗎？」子安小聲問她。

小白搖搖頭，「很可能找不到。」

「啊……這麼悲觀啊。」

「是客觀。」她的下唇抽動一下，抬眼看著幸災樂禍的他，「我的腦波比賽德維金人低很多，又沒有帶任何電子工具，他們要怎麼找我？就算他們能輕易辨別你的腦波，可是，如果你使用那個空間轉移的能力的話，隨時可以把我弄到的據點。」

她垂下頭，「更何況，你把我抓來，也許根本就不是為了向艾爾他們討價還價。」

說到這裡，小白壓抑已久的情緒終於破了個缺口，眼淚決堤而出。

「別哭別哭！」子安托起她的臉，伸出食指點在她臉頰上，改變淚痕的軌跡，「妳已經想到了對不對？地球人能為菲力浦叔叔生下後代，是因為他和她們相愛時釋放的激素延長了她們的細胞生命，這樣一來，卵細胞就可以和精子結合了。但她們都沒有真的和菲力浦叔叔完成聯結，所以在他離開之後，她們的細胞生命又漸漸恢復到正常地球人的水準了，當然也就無法為威克森人孕育後代。」

「當然，這些都只是我個人的推測，沒有得到證實。」他輕輕嘆息，「妳看穿了我的目的，那妳也應該知道，現在我還不能長久的將妳帶在身邊。我總歸還是得放妳回艾爾那裡……因為你們還沒有完成聯結……」

他說著，把頭靠在她肩上，「真不甘心啊。」

小白緊緊閉著眼睛，她的喉嚨裡發出細碎的嗚咽，肩頭也在顫抖。

彷彿是感受到了她的恐懼和難過，他聲音低低的說，「唉，又把妳弄哭了。別哭了，我們去吃早餐好不好？」

勉強控制住情緒，小白顫聲回答，「好。」

她抬眸看著子安，他臉上居然是真的不忍。

這顯然是個極度任性、難以捉摸的人。

他周密理智的計畫了她的綁架行動，可是他做這件事本身的目的和動機卻十分不理性。最穩妥的做法，應該是確認她和艾爾完成聯結後再進行綁架。或者，他對自己的能力非常自信，覺得即使經過這次，他仍舊能夠隨時綁走她？又或者，他根本就沒想過放她走？

最可怕的綁匪，大概就是這種孩子氣的類型，因為永遠猜不到他接下來想要做什麼。

而他對小白的態度，就像是在和艾爾爭奪玩具的優先使用權。

也有小孩子把玩具摔碎洩憤的。

小白再次打個寒顫。

我的命運，現在完全掌握在他手裡。

這樣不行。

第６０章

小白要堅強

食不知味的早餐結束時，小白注意到子安拿了一支她用過的湯匙。

湯匙？

他眨眨眼，對她做個誇張的「妳等著瞧吧！」的表情。

棋局重開之前，子安臉上露出罕見的嚴肅，「之前妳問過關於我的能力的問題，現在，我要使用我的另一種能力了。」他舉起那支湯匙，「我現在要用的這種能力，能讓我在得到妳的基因之後，聽到妳的心音一段時間。也就是說，我可以探知妳的腦波，知道妳在想什麼。」

他說完把湯匙含進口中。

小白，臉黑線，目瞪口呆。

子安嫵媚一笑，「怎麼？妳想讓我用更直接的方式嗎？」他說著探身過去。

小白趕緊後退，「這樣……這樣挺好的。」

他呵呵笑出聲，一副惡作劇得逞的樣子。

這是在賽德維金星上得到的能力吧？如果他的能力都是由蛻變時得到的，小白一邊臉紅一邊猜測他的「蛻變」並不止一次。

像是為了證明他此刻的確能夠聽到她在想什麼，子安點點頭，「是的。他們可以通過腦波交流，我卻沒有這種能力，一直非常羨慕他們。所以在第一次蛻變之後，我得到的能力就是這個。」

「你的能力好像都很符合你的需要。」

「就是這樣。」他笑得驕傲而開心，「就像這次，我在蛻變之前每天都在思考，怎麼才能在不觸動警戒的情況下把妳弄到身邊？結果蛻變之後，我得到的能力就是空間控制和轉移。我自己也很意外。」

小白垂眸沉思。這樣的話，昨天睡前所做的奇襲布局就完全沒有用了。

「哎？妳能把我們的最後一局棋全部擺出來啊？」子安的眼睛放光，像個得到意外驚喜的小孩，「幸好我現在可以看到妳在想什麼。」

小白緩緩呼口氣，很快把自己的棋子擺好，「來吧。」

既然用奇襲詭計沒有用，那麼，我就光明正大的打敗你，讓你明明知道我的戰略卻無計可施。

「嗯？妳的想法倒是和修澤、艾爾一路，不過，妳沒有學習過任何軍事戰略，能行嗎？」他笑吟吟的走出第一步。

小白的每一步棋都花了很久的時間思索。可是，棋局進行到一半，她的戰線逐漸出現崩潰的趨勢。她的計算完全在他意料之中。

到了後來，她只好利用偶然性來決定下一步棋子放在哪裡，盡量減小棋路被預測的可能。

我該把軍需先撤走，還是要進行補給？嗯，如果我第一眼看到的那隻仙鶴是單腿站著的，我就把軍需船撤走！

這種方法竟然奏效。因為子安永遠都比她晚知道她看到的究竟是他浴衣上哪隻仙鶴。

但用了幾次之後就不靈了，因為他已經能從她臉部的動作判斷她看向哪裡。

「從來沒人這麼跟我玩過呢。妳真是挺厲害的！」他眼眸裡流露著單純的興奮和快樂，所以她不確定他是不是在諷刺。

棋局快結束時小白一陣眩暈。她餓了。這局棋下了很久，結束時已經接近下午三點。

儘管一點胃口都沒有，為了保持體力，她味同嚼蠟一樣吞食了點食物。

子安托著下巴趴在餐桌上，搖搖鈴，桌上升起一個托盤，裡面是一塊草莓蛋糕。

「這個，就是我剛才贏妳的獎品了。」他指指蛋糕，「吃吧，妳吃的太少了。這和妳昨天晚餐時吃的是一樣的，妳好像還算喜歡。」

小白微微一愣，「關心肉票食欲的綁匪？還真少見啊。」

子安微垂下頭，停了幾秒鐘說，「房間裡的那些動物標本，是從前住在這裡的地球人的，我只是買下房子。」

「哎？」小白再次一愣，「為什麼突然告訴我這個？」

子安斜睥看她一眼，又專注的盯著自己面前的茶杯，「因為妳好像……對我有誤解。」他說完抬頭注視著她。

他的目光讓小白突然想到艾爾。

艾爾……

小白眨眨眼，喉間哽噎一聲，「你覺得艾爾什麼時候能找到這裡？你會一直等在這裡嗎？」

「這就是妳要問我的問題嗎？」

她遲疑一下。

他垂頭沉默一會兒說，「傍晚，我會等到傍晚。」

他說完望著窗外出了會兒神，然後又看著她，深紫色的眸子閃閃發亮，「要是今天傍晚艾爾還沒來的話——我決定了，要是他那時候還沒找到這裡，我就……」

他沒再說下去，可是他的目光卻讓她感到害羞緊張。他輕聲笑一聲，伸個懶腰，像是解決了一直煩心的事那樣呼了口氣，「好的，就這麼辦。就算是引起什麼星際之間的戰爭啦糾紛啦我也不管了！」

如果他所說的傍晚是指日落時分，那麼，她還有五、六個小時的時間。

「那我們開始下棋吧。」小白自己也感到意外，到了這時她反而異常冷靜了。

子安笑得志得意滿，「這次我會用全力。」

他確實用了全力。

這局棋是他們所有戰局中最為激烈的。

小白沒想到子安真的如同他暗示的那樣留有餘力，無論是他判斷的速度、戰術的複雜性，甚至舉棋落子時的殺伐之氣，都比原先提高了幾個層次。

如果說這場棋局是真正的兩軍對決，之前那些，大概連幼稚園小朋友打群架都算不上。

兩個小時過去，他們兩人誰都沒有說話，只是偶爾對視。

顯然，子安也覺得小白是強勁對手。

從棋局開始，她的每一步棋都走得很快，逼得子安不得不和她一樣用極快的速度決定應對戰略。

應該說，她掌握了這局棋的節奏。

而他，要奪回對節奏的掌控，就必須比她更快。

這樣的話，能不能聽到她的想法，並無太大區別。

棋局進行到一半，窗外烏雲密布，漸漸在雲層中出現閃電。

雷聲大作時，棋盤中的廝殺也越來越慘烈。

小白一連失去幾片陣地，但她毫不在意，集中全部兵力，逐漸形成一個箭頭形狀，直插子安的艦隊中心。

這正是她所說的「即使可以預見戰略也無法阻擋」的戰法。毫無投機。

子安沉吟一下，指揮艦隊向兩翼散去。

雨滴劈啪劈啪敲打在窗子上，棋局上不斷綻放出明亮的火光，代表著戰艦爆炸、破碎、毀滅，和上萬官兵隨之失去生命。

焰火一樣的火花此起彼伏，戰艦的碎片飄浮於兩人之間那片微縮宇宙，他們戰成了僵局。

雙方的艦隊首尾相接，不斷消耗彼此兵力，像兩條頭尾相接互噬的蛇。

這種消耗戰體現的是指揮官堅決的意志，和不惜一切代價、哪怕同歸於盡的必勝決心。

終於，在雨聲越來越密時，子安把他手裡那枚握了近一分鐘的棋子丟進棋盒裡。

「我沒法戰勝妳。這局妳贏了。」他向後退一點，凝視著小白的臉龐，「Impressive. 我直到剛才都不能相信，妳居然真的做到了。」

小白直截了當的提出她的要求，「我要你在艾爾來這裡之前最大可能的尊重我。」

子安的右眉一挑。

她抿緊唇和他對視。

他從鼻子裡慢慢呼出一口氣，「很好。也就是說，在他找到這裡之前，我不可以帶妳離開了！很好。」

他再次仔細打量她，目光灼灼，就像他們第一次見面時那樣，但這次，他的目光中不再包含對獵物的玩弄輕視。最後，他笑了，「妳確實堪當我的對手。」

他說完站起身，向外走去。

到了門口，他扶著門框回頭，「我猜，妳要獨自吃晚餐？」

「如果你不介意的話。」

子安打開房門揚長而去。

小白在幾秒鐘後癱坐在椅子裡。她的胸口劇烈的起伏幾下，又哭了。

從昨天下午離奇的掉落在這座莊園開始，她哭的次數比她一年加起來的都要多。可是這次不同，這次的眼淚不再是包含屈辱和恐懼的，甚至不是因為想起艾爾而感到的思念與脆弱。

對於子安而言，那局棋只是一場遊戲，而對小白，那是一場戰爭。

一場她一旦敗北就很可能再也無法重整旗鼓再戰的戰爭。
所以，她必須贏。

第６１章

落花有意

物。

那天的晚餐直接送到了小白房間門口。

她只聽到房門被「篤篤篤」的敲了三下，打開門，地毯上放著一個銀色托盤，裡面是簡單的食物。

她坐在床邊吃了東西，沒有洗漱就睡著了。

小白睡到半夜才醒來。她太累了，精神上所受的壓力和折磨、棋局對陣時耗費的腦力，讓她疲倦到了極點。

躺在床上，小機器人從她的頭髮裡跳出來，垂著腦袋摸摸自己的肚子。

小白愛莫能助，她把它托在手心，「這房子裡有和你類似的機器人嗎？」

小傢伙點點頭。

「那你可以用它們的能源嗎？」

它傷心的搖搖腦袋。

「那個人——」小白側著臉瞇起眼睛，做個她認為的「嫵媚」樣子，「他能給你提供能源嗎？」

小機器人又搖頭，然後它學著子安的樣子哼哼哼獰笑幾聲，小手在空中一抓，再做個以拳砸掌的姿勢，四肢一癱倒在她手心打個滾。

「你以前見過他？他會傷害你？」

小機器人猛點頭。

唉，這小機器人說不定比她年齡還大。小白摸摸它的小腦袋，把它握在手心放在心口，「那我們只好一起等艾爾了。希望他可以快點找到我們。」希望子安可以信守他的承諾。

「嘰咕。」

第二天她醒來，梳粧檯上不知何時多了一張字條，「我們今天去釣魚，請換好衣服。」

小白洗漱完畢，床上已經放了一件白色長袖襯衫、一件馬甲，還有馬褲和長靴。

她打理完畢，把餓得愁眉苦臉的小機器人藏進頭頂鳥巢一樣的頭髮裡。

很快子安來敲門，他也穿了身獵裝，「早安小白。」

「早安。」

「我們吃過早餐就去釣魚，午飯在溪邊吃。」他又恢復了精神，笑嘻嘻的從口袋裡拿出一樣東西遞給她，「吶，好可惜，本來打算讓妳穿上高叉泳衣時吃的。」那是一支比小白的臉還大的彩色棒棒糖。

小白沉著臉，隨手把糖往床上一扔，可沒想到它在柔軟的床上跳了一下，掉到地上，碎了一地。

「呃……」小白看看一地彩虹色大小不一的碎塊渣渣，噗嗤笑出聲了。

子安嘟著嘴怏怏不樂。

他鬱悶了一會兒才招呼小白，「走吧，我們去吃早餐。」

小白覺得胃口比昨天好一點。

今天還不知道變態會搞出什麼花樣呢，要打起精神！要盡量多吃一點！這樣才有力氣和變態周旋。

飯後子安帶著她走向莊園後面的馬廄。

一位打扮的妖豔美少年侍從站在那裡，遠遠見到子安就走過來行禮，態度十分恭謹。他們說的大概是威克森語，小白一個字都聽不懂。

那個少年牽了一匹額頭有白色星紋的駿馬過來。子安問小白，「妳會騎馬嗎？」

小白沒好氣的回答，「我會騎駱駝。」

「沒關係，我可以和妳一起啊。」他很大方的提議。

哼。馬都只牽出來了一匹，這是故意的吧？早就設計好的吧？

子安呵呵一笑，抓住她的纖腰往上一舉，把她側放在馬鞍上，然後用帥到渣的姿勢跨蹬上馬，坐在她身後，從侍從手裡接過一頂帽子戴上。

那是一頂真正的漁夫帽子。帽子上的緞帶縫出摺縫，裡面插著各種鮮豔羽毛做的假餌。

難道他們今天真的是去釣魚？

小白覺得頭頂的髮髻裡輕輕一顫，她的心猛跳了兩下，趕快轉過頭問子安，「你沒有給我準備帽子嗎？」

他笑吟吟的把自己頭上的帽子取下來，戴在她頭上，「有點大。不過還是好可愛。」

小白把帽子正了正，扭過頭不理他。

他的胸口貼著她的背，一手握著韁繩，一手攬著她的腰，「嗯……妳身上已經完全沒有艾爾的誘導素氣味了。」

小白垂下頭。這是一定的吧？我已經離開艾爾幾天了……啊，其實才兩天。可是我覺得好像過了很久了。

「妳在想什麼？」子安輕輕戳戳她，「又在想艾爾？」

「嗯。」

「他最快也要一週之後才能找到這裡。不過……說不定也可能會下一秒鐘就出現呢！」

小白轉過身看他，「你說什麼？」

子安蹙眉凝神，「啊……我能感覺到他的波動，正在迅速靠近這裡。」

小白愣一下，緊張的握緊雙手。

「哈哈！」他垂下頭對她笑了笑，「妳真好騙。」

她懊惱的把頭轉過去。多麼明顯的謊言，可是她竟然有一瞬間期相信了那是真的。

「喂，都答應不再做那些讓妳又害羞又生氣的事了，妳還有什麼不滿意啊！」他小聲嘟噥，「還把我的棒棒糖摔碎了。哼。」

想到那個碎了一地的棒棒糖和子安當時的表情，小白又噗嗤一聲笑了。

「這就對了嘛，妳就等著艾爾來營救妳吧。地球童話裡的公主不都是這樣的嗎？」他扶正她的帽檐，「現在，我教妳騎馬吧。」

「哦。」可我不想做那種公主，從來都不想。

他抓住她的兩隻小手，「這樣，不要太用力。御者的心和馬是相通的，如果妳一味的緊張的話……」他說到這裡，忽然停住。

小白扭過頭，子安望著遠方沉思不語。

「怎麼了？」這次、這次是艾爾真的來了吧？她又緊張起來。

「啊……完全感受不到艾爾的波動嘛。」他又笑了，「嘻嘻，妳怎麼又上當了？才隔了不到一分鐘呢。」

「哼。」

「好了，好了，我教妳騎馬。」

他的口氣認真了很多，詳盡的指導她怎麼控制方向、步速，「準備好，我們要加速了！」

「喂──」

小白想說等等我這麼側坐在馬背上行嗎？子安已經一夾馬腹，馬兒撒開四蹄在草地上狂奔起來。

她尖叫了兩聲，緊緊抓住子安的外套，然後又覺得帽子要被飛馳時帶動的風吹走了！

啊，嘰咕，要是你被發現了，絕對不是我故意害你的！

子安哈哈大笑，他的聲音在嗖嗖風聲中聽起來志得意滿，「抱緊我！」隨後抖了一下馬韁。

疾風吹得她閉上眼睛，扭過肩膀緊緊抱住子安。

好在這樣的飛馳只持續了十幾分鐘，他們跑進一個小山谷，馬兒減緩了速度，牠似乎不太盡興的打了個響鼻，揚揚脖子。

小白驚魂未定，心臟還在胸腔裡跳著每小時八十英里的舞蹈。

子安在她耳畔低聲說，「這種被依賴、被需要的感覺真棒。」

「啊？」她愣一下，趕緊鬆開抓著他的雙手，挺直脊背想要和他拉開距離，可是，他兩手握著韁繩，就像在環抱著她，讓她退無可退。

他垂下頭看她一會兒，換了副稍微正經點的神情說，「艾爾能給妳的……不管是什麼，我也可以給妳。」

小白愣一下把臉扭開。

他沒有再逼近，將手裡的韁繩再次交給她，托著她的手腕教她控制馬兒。

小山谷裡長滿了各種顏色的野花，蜜蜂蝴蝶飛舞其間，隱隱能聽到潺潺溪水流動的聲音。

又走了幾分鐘，馬兒在一棵溪邊的柳樹前停步。

「我們到了。」子安跳下馬，把小白抱下來，等她站穩才鬆開手，取下馬背上馱著的皮袋背在肩上。

「妳在這裡住多久了？」馬走到這裡就自動停下，很顯然他不是第一次來這。

子安伸手拂開柳樹低垂的枝條，走在前面，「每隔一段時間就會來住一陣。我和地球上其他的同胞不太一樣，我不喜歡大都市。雖然那裡好玩的人的確比較多，但是倒胃口的人也多了。與其和那些人相處，還不如一個人住在森林裡。」

他的話讓小白想起緹娜說的，有的流浪者寧願寄生在野生動物身上，也不願選擇無聊的人類作為宿主。

「妳呢？妳好像從來沒到過這種鄉下地方吧？妳像是在混凝土叢林裡長大的。」他拉著小白的手，穿過由垂柳枝條搭成的綠色小隧道，「妳從來到這裡就一直睜大眼睛，像是什麼都很新奇的樣子。」

「嗯，我的確幾乎沒來過這種地方。我出生的城市有世界上最高的人口密度、最糟糕的交通系統，和最荒謬的房屋價格。」

穿過垂柳形成的天然隧道，是一塊豁然開朗的草地，小溪就在幾步遠的地方，溪邊有水生的野花在輕風中搖曳生姿。

子安打開大皮袋，拿出魚竿，拴好魚線和魚鉤遞給小白，「我猜妳也不會釣魚？」

「不會。」小白誠實的搖頭，「我沒摸過魚竿。」

「真是太可憐了！」他掏出兩雙高筒膠鞋，叫小白也換上。接著拿著魚竿走進小溪裡，招呼她，「快來。」

小白握著魚竿，呆了一秒鐘才跟著他蹚進溪水裡，「不是坐在岸邊釣魚嗎？」

「不是！溪釣比較好玩！」他握住她的手，牽著她又向溪流中走了幾步，「這裡就可以了。站好別動啊，我鬆手了。」

他走遠幾步，俐落的拋竿，魚線帶著鮮豔的羽毛假餌浮在溪水上，「學會了嗎？」

「哦，我試試。」小白學著他的樣子，魚線剛甩了一下，就聽到子安「哎喲」一聲。

她轉過頭，發現他捂著右耳朵。

「妳是故意的嗎？」子安皺著眉，把魚鉤從耳朵上拿下來。他的耳垂滲著血絲，傷口正在漸漸癒合

小白結巴了，「對、對不起！」。

故意的都扔不了這麼準啊！你明明在我身後，我是向前扔……我……

除了水煮蛋之外的另一項絕技終於被發現了……

「還笑！再來一次！」子安向後退了兩步，遙控指揮，「手臂平舉，呼氣，凝視前方，好，用上臂的力量……哎喲！」

小白趕快回頭，先是噗嗤一聲笑了，又哈哈哈捂著嘴笑。

子安懊惱的看著插在自己褲襠上的魚鉤和帶著紅羽毛的假餌，「妳真的不是故意的？」

「故意的都扔不了這麼準啊！」小白還在捂著嘴笑，接著忽然害怕起來。他看她的神情有點古怪，好像在忍耐著不撲過來。

她退後兩步，穿著高筒膠鞋的雙腿不斷被水流沖刷，有種要被水沖走的感覺，「喂，你會遵守遊戲規則吧？不是輸不起的傢伙吧？我最看不起那種輸不起的Loser了！」

「哼。」他取下魚鉤，從魚線上解下來，走到小白身邊，「我不會再那樣對妳了。」

他把那支紅羽毛假餌和魚鉤插在她的帽子上，取下一支長長的翠綠色羽毛綁在魚線上遞給她，「再試試吧。在妳能拋對之前先把魚鉤取下來。」他說著站在她身後，一手扶著她的肩，一手托起她的右臂，「要這樣——」

一陣輕風吹來，他的長髮有幾絲擦過她的臉頰。風中似乎還有不知名的野花和草木的清香。

她感到癢癢的，急忙拋出魚線，那支翠綠色的羽毛被風吹著，帶著魚線繞到她背後，又被風再吹到她面前，沒等她伸手抓住它，再次繞到她背後。

子安在她身後哈哈大笑，「怎麼會有這麼笨的人？釣魚還會被自己的魚線纏住。」

小白窘得連忙去撥捆在身上的魚線，子安卻按住她的手，「別掙扎，小心割到手。」

她分辨不清他是有意還是無意，整個人被擁進懷裡，貼著他的胸口。

他花了點時間才解開魚線。

「好了，妳就站在這裡看我釣魚吧。這個給妳玩。」他把羽毛放在她手裡，拍拍她的後頸感嘆一聲，「怎麼能笨成這樣！」

小白暗暗吁了口氣，慶幸自己不用被他抱在懷裡耳鬢廝磨。

她看著子安的樣子，想像自己也是那樣意態瀟灑的揮動魚竿，銀色魚線在半空中劃出一道弧線，飄落在水面上。

可是——子安都釣到好幾條魚了，她的魚線依然不是掛在溪中露出的石頭上，就是纏在自己身上。

她最後一次拋出魚線，羽毛嗖的一下飛起，飛到子安臉前，在他眉梢上輕輕一刮。他看也不看，單手抓住那根愛好調戲美色的羽毛，把它從魚線上揪下來插在自己頭髮上，「喂，妳會生火嗎？」

小白搖頭。

「殺魚剮鱗呢？」

小白驚恐搖頭，「我見過的魚不是活的就是熟的！」

他把魚竿插在水中，走回岸邊，「那妳會採點野花嗎？」

「嗯？這個我會！」

「去吧！」子安揮揮手，在她跑開幾步之後又補充，「喂，別試圖逃跑啊，這附近有熊。」

小白嚇得一哆嗦。

「哈哈，不過能看到我會嚇得跑掉！」子安大笑著舉起雙手，「嗷嗚──」

小白剛想笑，又想起子安也這麼嚇過她，笑容就凝在了唇邊。

子安像是仍然保留著能夠聽到她心聲的能力，收斂了笑容，「喂，那個時候，我只是……只是覺得妳……」他的眸子轉了轉，沉吟片刻，始終沒找到合適的詞，最後只好說，「我會一直看著妳的，別怕。」

「嗯。」小白猶豫一下又問，「你現在還能聽到我在想什麼嗎？」

子安有點遺憾的搖搖頭，「時限早就過了。」

小白最終沒敢走遠，在子安能看到的範圍隨手採了些野花，用草綁成一束帶回來。

這時他已經把魚處理好，淋上檸檬汁，塗上佐料，又在削尖的小木棍上開始烤了。

「你要的花。」小白把花遞給子安。

他把花放在鼻端嗅嗅，又鄭重其事的遞給她，「我送妳的花。喜歡嗎？」

小白有點想笑。他挑了一朵插在她耳邊，對她笑，「既然妳什麼都不會，就只好幫忙讓這裡更漂亮點吧。」

她猶豫一下，沒把那朵花摘下來。

子安歪著頭，一直看著她微笑，小白被他看得不自在起來，避開他的目光，把頭偏向一邊。

希望他信守約定，別再做什麼奇怪的事情。只要他不再對我……哪怕給我插一頭野花也可以。

她分不清自己究竟是在祈禱，還是在安慰自己，但漸漸的，她的臉頰在他的目光下變熱。

子安久久凝視著她，突然說，「我是認真的。」

她抖了一下，還沒反應過來他說的究竟是什麼意思，他就先跳了起來，「啊，魚好了。」

魚烤得稍微有點焦，小白和子安都吃得很慢，很久沒說話。他們之間只有溪水不斷流淌的聲音。

又過一會兒，她壯起膽問他，「你有沒有想過現在聯繫艾爾，送我回去？這樣的話……」

他搖搖頭，「我不想送妳回去。一點都不想。」他說完抬起頭看看太陽，「妳覺得熱嗎？我們回莊園去，或者找個涼快的地方午睡？總之先洗洗手吧。」

小白想說我不熱，我不想跟你回去也不想跟你午睡。

可是，她沒敢這麼說。

從剛才開始，子安身上就有什麼東西在蠢蠢欲動，令她不安。

她和他坐在溪邊，一起洗了手。子安把烤魚時用剩下的檸檬擠出汁，淋在她手上，「這樣就沒有腥味了。」

他洗完手，把長筒膠鞋扔進袋子裡，赤腳走到溪邊坐下。

小白坐在他身側，看著他映在溪水中的倒影。

從剛才開始，她就不敢和他對視，但他在水中的倒影又顯得十分平靜溫和。她望著水中那個他小聲問，「你應該知道，在這麼短的時間裡，我是不可能和艾爾完成聯結減緩衰老速度的，為什麼現在就把我抓過來？」

溪邊有幾簇黃色的鳶尾花開得正盛，花朵和子安的倒影一起隨著潺潺水流晃動。天上流雲在水中投下影子，偶爾會覆蓋在他身上。

他沉默了很久才回答，「因為想先見見妳。如果妳很討厭，我就向艾爾討價還價，多分點地球上的資源。我的生命足夠長，長到我甚至可以等艾爾生下孩子，或者等其他賽德維金人和地球女性完成真正的聯結，可是——」

他轉過頭，看著小白在水中的倒影，「可是，我發現，妳很不錯啊。所以我改變主意了，我不想用妳來勒索。」

我倒寧願你覺得我很討厭呢。

子安自言自語，「唉，可是好像從一開始就被我搞砸了。」

又過了一陣，他小聲問她，「請妳別生氣，好嗎？」

相處了兩天，第一次聽到他用這樣真誠的懇求語氣，小白不禁怔了怔。

過了一會兒她問，「你會因為我生氣而送我回去嗎？」

「不可能。」他回答得斬釘截鐵。

「那還在乎我生氣不生氣幹什麼？」她輕輕皺眉。

他認真的思考了一會兒，「唉，不知道。即使就像現在這樣，違背妳的意願讓妳待在我身邊，可我還是希望妳不要生氣，最好還能開心一點。的確挺矛盾啊。」說完露出帶點歉意的微笑。

小白無奈的嘆口氣，看著飛落在花叢中的蝴蝶，「你還會繼續蛻變嗎？就像蝴蝶由蟲卵變成幼蟲，再變成蛹，然後破繭而出。」

他也不太確定的歪著腦袋，「唔……應該會吧？我也不知道。威克森人一生至少可以蛻變兩次。但聽說曾經有人蛻變了四次。」

這之後，他們之間許久沒有交談，溪邊靜得只能聽到溪水流淌，蜜蜂振翅，以及樹葉花草被風吹動發出的低語。

子安帶著小白穿過那條垂柳形成的隧道，吹了聲口哨，馬兒踢踏踢踏搖頭晃腦的走回來。

他把馬鞍皮袋重新鋪好，對小白伸出手。她搖搖頭，抱住馬脖子，以非常狼狽的姿勢努力了半天，終於爬到馬背上。

「至少沒像韋小寶那樣背對著馬頭。」她小聲咕噥。

「什麼？」子安顯然對地球文學所知有限。

「啊，這個你不懂很正常，是《鹿鼎記》裡的人物。」小白解釋，她覺得說點子安不懂的東西能夠分散他的注意力。

於是，在回去的路上，子安在草原上緩緩策馬而走，聽著小白講述一群擁有名為「內力」的神奇能力的地球人故事，偶爾問個只有ET才能想到的問題，沒再表演跑車式的加速和剎車。

第62章

真心的尊重

回到莊園之後，子安要求和小白再進行一次棋局。

小白嚇了一跳。她張大眼睛，「你要違背我們的約定嗎？」

「不。而且我也不會再在妳不同意的情況下對妳使用讀心能力，這也是我的尊重的一部分。」子安取出棋盒，「我之前答應妳的事……以後都會一直做到。」

「你是說……」她有點不解。自從昨天那場棋局結束之後，他的態度就有了非常明顯的轉變，難道並不是出於對遊戲規則的遵守嗎？

「你是說，這不再是對遊戲的……」

「沒錯。」那張一向玩世不恭的臉在這一刻居然十分嚴肅，子安下巴的線條繃得緊緊的，眼睛放出極為堅定、甚至可以說是狂熱的光芒，「從妳昨天戰勝我的那一刻，我就這麼決定了。一個能從我手中贏得棋局的女性，值得我真心的尊重，若將這種尊重限於某種約定或條件之下，那對妳我都是一種侮辱。」

他微微仰頭，「所以，我也不會用妳向艾爾提出條件。」

小白怔怔的看著他。沒想到你還有點人性嘛……她還沒想完，就聽到他繼續說——

「因為，小白，妳將會是我的妻子，我怎麼可能用自己的妻子去交換利益？妳也會是我孩子的母親。我的（嗶——）全是妳的！」

「哎？」她驚得呆住，隨即臉頰像被燒到了一樣火燙。那種東西誰會要啊？變態！

她二話不說，執子開局。

這場廝殺中，小白把她之前想到的陰謀詭計全用上了，而子安一反常態採用了光明正大的戰法。棋局從午後一直持續到下午六點左右。到了最後，雙方人馬都被消耗殆盡，幾乎所有士官長以上的軍官和二級以上的戰艦全部陣亡。

小白手裡只剩下幾隻補給艦，而子安也好不到哪裡去。

「這種戰爭再進行下去也沒有意義了。妳要數子麼定輸贏嗎？」

「哎？有這種規則嗎？」

「我一開始沒告訴妳嗎？」

「沒有啊！如果我知道可以這樣的話，就不會用主艦去撞你的主艦了啊！」小白後悔。

「呵呵，可能是當時根本沒想到妳能下到這種地步，所以我忘了講吧。」子安笑了笑，抬眼看她，「不過，以我對妳的瞭解程度，妳還是會用主艦去撞主艦的。妳是那種不在乎己方傷亡的冷酷型指揮官。再高級的將領、戰艦，在妳看來都是棋子。」

「是嗎？」我是這種人？

數子的結果，子安贏了兩子。

他笑咪咪的收拾棋子。

小白挑挑眉，「說吧，這次你想讓我做什麼？不會又是讓我穿什麼怪怪的衣服吧？」

他沉吟一下，忽然有點低落，沉默了片刻才說，「以後再說吧。妳可以先問我問題。」

「那我也留著以後再問。」小白吁口氣。

子安看著她，嘴唇沒有動，可是眼中都是笑意，「妳真的是一個值得尊重的對手。」

「唔，你也是。」

雖然子安向她保證，給予無條件的絕對尊重，可是小白對變態的信任並沒有因為他的表白有絲毫提高。

畢竟，前一句是「我尊重妳」，後一句是「我有一條家傳DNA很寶貴的想要嗎」——這種擔保的可信度十分有限。

所以，面對各種佳餚她依舊毫無胃口。

子安的食欲倒很不錯，他用貝殼製的小勺子挖了一勺魚子醬給她，「金屬製的勺子會破壞它們的鮮味。如果沒有貝殼勺子，用骨質的勺子也可以。」

她吃了一小勺，食不知味。

到現在為止，我已經失蹤超過七十二小時了。

聽說，失蹤、綁架案發生七十二小時後，警方如果還沒有找到受害者，就會認為他們凶多吉少了。

那麼，她的情況……算是凶多吉少？

子安單手支著下巴看著她，「妳想吃點別的嗎？巧克力怎麼樣？地球女孩子好像都喜歡巧克力。上次那個草莓蛋糕呢？」

她搖搖頭。

他繞過餐桌走到她身邊，「要不然，我們來玩點別的遊戲？不用動腦子的？」

小白緩緩的側首看他，「什麼遊戲？」

「嗯……」子安蹲下來，單膝跪在地上，雙臂疊放在她椅子的扶手上，仰望著她，「從妳來了之後一直都是我決定玩什麼，現在，妳做決定吧。想一個可以兩個人一起玩的遊戲，我陪妳玩。」

小白呆滯了片刻才不太確定的開口，「我小時候很少和其他孩子一起玩，所以……我一時間還真的想不到有什麼遊戲能玩。」

他的睫毛顫了顫，輕聲問，「那妳自己一個人都玩什麼呢？除了看書、睡覺之外。」

「自己一個人的時候……」她仰起頭呼口氣，「我的父母忙著工作，我自己獨處的時間倒真的很多。

「如果不是看書，我喜歡一個人坐在衣櫃裡，或者是趴在床底下，帶著手電筒，想像自己是在探險，在叢林裡支了一個帳篷。」她有點抱歉的看著他，「對不起，我做小孩子的時候挺無聊的，對吧？」

「妳是個寂寞的小孩。」子安對她眨了眨眼睛，露出微笑，「但我覺得妳的遊戲還不錯，我們就玩這個吧！」

「哎？」

他拉著她，在城堡似的房子裡走來走去，打開許許多多的門，終於找到了一支手電筒，走回她的房間。

到了這個地步，小白只好硬著頭皮和他一起爬到床下面。

還好，那張床的床腳很高，床下的空間還不算太小。打著百褶邊的床裙讓這個空間看起來還真的有點像帳篷。

子安關上房間的燈，鑽進來，打開手電筒，「是這樣嗎？」

「不是。」小白讓手電筒朝上直立，床下立刻又暗了許多。

手電筒的光圈打在床板上，又反射回地毯，在薔薇花圖案的地毯上投下一個昏暗的光影。

「接下來呢？」子安問她。

尷尬的皺下眉，小白說，「嗯，接下來，想像你在什麼樣的地方、做了些什麼。越具體越好。」

「哦。好像明白了。」子安點點頭，「那，妳先來？」

「好吧。」

小白稍微遲疑一下，開始述說自己的想像。她是位考古學家，在挖掘一座叢林中的古老廟宇時和同伴走散了。

「我的求生技能很糟糕，連溪裡的魚、水塘邊的青蛙都抓不到，所以只好每天吃能量餅乾。還好能找到清水，不然可能很快會掛掉。」

「那妳都發現了什麼？」子安側著臉看她。

小白看看他，「令我又敬畏又害怕的古文明、不知道為什麼被拋棄的神廟，還有……美麗的神像。但是觸摸它就會中毒。」

他對她微笑，笑容在昏暗的光圈下有種難以言說的、類似溫柔的感覺，「那妳明天打算做什麼？」

她垂下頭，半晌才說，「不知道。我不想一直在原地等待他人救援，可是我又知道，憑自己的能力絕對無法走出叢林。」

她說完，子安也靜靜無語。

過了一會兒，他伸出手指，把她垂在地上的頭髮撩起來，夾在她耳後，「妳沒有想過離開帳篷，住進神廟裡嗎？」

「我不想啊。」小白趴在地上，把臉埋進交疊的手中。

又沉默了一會兒，她忽然說，「其實……這不是我第一次被綁架。」

第６３章

海盜與人魚

聽到小白說「這不是我第一次被綁架」，子安有點驚訝。他的眉毛微微一挑，不過，他並沒有追問，而是說，「現在輪到我了嗎？」

「嗯。」

他是一位海盜船長，佯裝成一位酒商，其實船上那些酒桶都是半滿的，在裝著劣質酒的隔層下藏著火藥。他一路追蹤著那艘據說運了舉世無雙財寶的船，到了茫茫大海上之後，他吩咐船員把劣酒倒掉。船身減輕了重量，拉起風帆之後快得像一支在空中飛舞的羽毛。

他們追上了寶船，俘獲了它，可是——

根本沒有什麼財寶！船上只有一位美麗的公主。

她的皮膚仿若半透明的羊脂白玉，最嬌嫩的玫瑰花瓣也比不上她的嘴唇，她的眼睛裡像是有星光流轉，她的黑色頭髮在陽光下折射出璀璨的彩虹色光點。她身姿婀娜，腰肢纖細得就如同風中的楊柳……

小白笑得想要捶地板，「我現在徹底相信那個照片裡的小蘿莉是你了！你小時候每天晚上都看著王子公主的童話入睡吧？」

「別鬧！我在說妳呢！」子安笑了，似乎也覺得自己像是在念童話故事一樣。

他又笑了一會兒接續著講。

為公主的風姿傾倒，他彎下腰，右手撫胸，想要向她求婚。可沒想到，公主的雙腳在貼到甲板的瞬間變成了魚尾，。跳進海裡，變成了一條人魚，游走了。

「這是什麼故事啊？」小白又笑了，「你看過《神鬼奇航》系列的電影嗎？」

「喂——」子安抗議，「還沒講完呢！」

人魚公主在海中暢游，她的歌聲美妙如天籟，他開著船追在後頭，不知道該不該把她抓上來。

他講到這裡停下了故事，「妳覺得我該把她抓上船嗎？」

由於燈光太暗，子安豔紫色的眼睛變成了黑色，小白看著他，不知如何回答。

「抓住她，人魚失去了自由就不再唱歌；一直跟著她，我又覺得心癢難耐。於是，我在船長室裡看著航海圖，猶豫不決。如果明天再不決定，人魚就會游到這片礁石密布的海域。」

他說著，煞有其事的比了比他們面前的地毯，彷彿那些薔薇花的枝葉代表著凶險莫測的暗礁和漩渦，「我的船開不到那裡。我要是想繼續跟著她，就必須放棄船長的身分，跳下海。可是，每個船長不都發誓要和自己的船一起沉浮嗎？」

他說完側首看她，「妳說，我該怎麼辦？」

「你……」小白的心砰砰亂跳，她斟酌一下說，「嗯……你沒想過忘了人魚嗎？這世界上肯定不止這一條人魚，也許還有其他更好玩的東西、更美麗的公主……」

「可是我不想啊。」他學著她的樣子，把臉頰貼在自己的手背上，對她微笑。

在光影之下，子安的眼眸像是他們第一次相遇時他手中握的酒杯，裝著玫瑰色的美酒，隨著他的呼吸心跳輕微晃動。他的聲音也像酒醉後一樣低啞，「我就想要她，別的什麼我都不要。」

這種笑容和眼神蘊藏的渴望意味著什麼，小白很清楚。

她的心猛跳兩下，彷徨無助。不像故事中自由優游的人魚，她和他的距離只有幾公分而已。

小白閉上眼不願和他對視，可是又在雙眼將要合上那一刻趕快睜開——她擔心這時閉上眼睛，會使他覺得這是某種鼓勵性的暗示。

最後，她只好把目光投向床裙邊緣上的一小塊物體上。

那是一塊彩虹色的糖塊。

她盯著那塊糖，忽然聽到子安說，「其實……」

「嗯？」

「其實我還沒有告訴妳，我的第二種能力究竟是怎麼用的。」

「什麼？」為什麼他現在突然想到這個了？

「在互相交換基因之後，如果妳的腦波夠強，就會發出訊號，和其他人直接交流。」

他看起來一點也不像是在開玩笑。

小白想到的自然是——那麼，我能夠讓艾爾知道我在這裡嗎？

子安對她笑，「也許妳能呼喚艾爾。」他笑著瞇了下眼睛，「妳想試試嗎？如果成功了，他就能找到妳了。」

「你又在騙我？」小白看看他的眼睛，再看看他的嘴唇，越來越覺得他在逗自己。

「我為什麼要騙妳呢？」他笑著反問。

「那你為什麼要突然告訴我這件事？」

「哎呀，真是一點都不示弱。」他用手肘撐起身體，靠近一點，笑得像隻奸計就要得逞的狐狸，「這兩個問題的答案顯然是同一個，當然是因為我想讓妳主動吻我嘛。妳主動的話，就不算我不尊重妳了，對吧？」

子安又湊近一點，鼻尖幾乎要碰到她的鼻尖，「妳忘了嗎？我當初是希望和那些賽德維金人一樣，直接用通訊波交流，如果只是單向的接受對方的資訊，怎麼能稱得上交流？」

小白張了張嘴，猶豫了會兒，終於還是開口，「那……你，你……你用這種方法和艾爾交流過嗎？」

「噗——還以為妳要問什麼呢！」子安笑得趴在地上，「如果是接吻的話當然沒有啦！不過，我騙他用我的勺子，又偷走他的水杯，這種情形倒是有好多次。」

「哦……哦。」小白吁口氣，「那就好。你說的是賽德維金人的例子，地球人有這樣的例子嗎？」

「好像沒有耶，所以我也不知道妳能不能成功。要試試嗎？」他的兩片薄唇微微張開，擺出十分妖冶的誘人姿態。目光也停留在她的唇上，反覆來回。

小白掙扎了將近一分鐘，還是垂下頭，「不要。」

「真的不想試試？也許可以告訴艾爾，妳正在和我……呵呵，做充滿想像力的遊戲呢！」他嘻嘻一笑，伸手撫摸她垂在耳邊的頭髮，「真的不要？」

「不、不要！」

「好像也不是很堅定嘛，再說一次！」

「不要！」

「啊，妳第一次這麼乖啊！」他稍微轉動身體，側躺著，「臉都紅了。什麼都沒做就這麼害羞呀，真可愛。」

「喂——」小白怒目瞪他，「你……」

話還沒說完，他伸手拉開她的髮髻，「妳頭髮散開的樣子更可愛。」

小白頭皮一緊，驚叫一聲撞翻了手電筒。

手電筒倒下時不知怎麼就熄滅了，床底下一片漆黑。她摸索一下，小爆米花機器人跳到她手上瑟瑟發抖。

怎麼辦？把它藏在哪裡？看它之前的表演，好像子安挺喜歡對它使用暴力的！

慌亂之中，小白只來得及把它塞進自己口中。

希望你不會被我吞下去。小白暗暗祈禱。

其實，這時候嘰咕餓得連嘰咕的力氣都沒有了，就運算子安不把她的髮髻拉散，它也堅持不了多久了。

子安搖晃了幾下手電筒，光芒又出現在這個小小的狹窄空間裡。

「我弄痛妳了嗎？對不起。」

「沒、沒事。」她立刻發現把嘰咕含在嘴裡是個笨到家的決定，因為她現在說話口齒不清了。

「嗯？」他疑惑的看看她，「妳在吃什麼？」

「是、是糖。」小白趕緊抓起那塊躺在她面前的糖塊塞進嘴裡，「唔。就是……早上，你拿來的糖。」

要怎麼解釋我會突然腦子進水，從地上撿了塊糖吃啊……

小白尷尬的笑了兩聲。

糖在她口中溶化了，甜味溢出來，「呃……突然有點想補充糖分呢，呵呵。其實味道還不錯啊。」

她不斷想著完蛋了完蛋了這種謊言太蠢了，卻發現他們兩個之間還有一塊糖果碎片，「啊，這裡還有一塊，你要吃嗎？」哦天那誰會相信這種話！

沒想到，子安的睫毛微微顫動一下，嘴唇抿了抿又張開，「我要。」

「嗯？」小白捏著那塊糖，遞到他面前，「給你。」你不會變態到撿起地上食物就吃的地步吧？

我總覺得哪裡不對。

子安垂首看了看她捏的那塊糖，緩慢的抬起頭，看著她的眼睛，「我要的，是妳在吃的那一塊。」

第６４章

艾爾！

啊？我嘴裡的……

電光石火間，她已看清他心中那頭一躍而出的猛虎。她想要逃走，可是他已經抓住她的雙肩，讓她無法退卻。他緊緊擁抱著她，吻上她因驚嚇而微張的雙唇。

他撲上來的時候小白哆嗦一下，想著嘰咕這下要完蛋了！

她皺著眉想要守住陣地，可是他已經衝鋒過來，舌尖一挑——

她被這種強悍的進攻嚇得手忙腳亂，完全沒來得及進行有效的反抗，而他在完成占領之後立刻宣示主權，把她的糖和甜味全部搶走了！

小白驚得呆了，嘰咕被他……

她緊緊抓著他的肩臂，不知道該怎麼做，完了。他一定是發現它了……

可是，他似乎並沒發現自己從她口中吸走了什麼異物，也許是把它當做糖塊一起咽下去了？

他的反應很奇怪，他的胸口輕輕顫抖了一下，喉間逸出小獸哀求般的短暫呻吟。當小白以為他絕對發現了真相而要發作時——

他的動作突然變得像小提琴的音色一樣溫柔纏綿，他反反覆覆的懇求她，和他一起，一起合奏。

可是她像是不明白他要她做什麼一樣茫然無措，鼻間發出帶點疑問的嗯唔聲，於是，他只能一次一次耐心但急切的做給她看。

可是、可是、可是她還是不懂，或者是純粹的偷懶不想學！再不然就是，她完全不信他。她另有老師，早就告訴她何時該用力、何時該放鬆，那個人也是她目前唯一認同的合奏者。

那妳就聽我獨奏吧！

他有點惱怒的搶過她的琴，一遍又一遍奏出她可能從未聽過的高亢旋律，和令人陷入深淵的醉人音符。

最終，她委屈得想要哭了，捂著臉，輕輕呼喚她從前那位合奏者，艾爾。

艾爾，艾爾……

他小心的拂開她的長髮，結果……她並沒像他想像的那樣哭泣，她只是又震驚又迷惘的看著他，嘴唇還微微張著。

子安鬆開小白，聲音低低的，「謝謝妳的糖。」

「你……」她看看他的唇，欲言又止。

「我怎麼了？」他忽然有點心虛，口氣中反而帶點強橫。

「沒什麼。」她垂下小腦袋，睫毛像蝶翼一樣顫動幾下，又抬起頭問他，「剛才……」她的臉又紅了，「剛才……你……你能聽到嗎？」

「聽到什麼？」他皺眉，「不是說過了嗎？我不會再對妳……」

啊，他明白了。

他嗤笑一聲，頓時覺得憤怒，言語中也滿是嘲諷的意味，「喂，妳還真的在呼喚他啊！真的有用嗎？妳覺得會有用嗎？」

她又委屈又羞憤，賭氣似的回答他，「不知道。也許等一下艾爾就來了。」

「嘻，就算妳真的聯絡上他，他哪有那麼快……」子安突然停下，凝神傾聽。

小白緊張了一下，立刻覺得自己又上當了，「你又逗我？你……」

沒等她說完，他又撲過來，這次吻得凶狠果斷。他含著她的嘴唇吸吮、啃咬，然後，他鬆開她，「嘿嘿，妳真的把他叫來了。」

他話音未落，玻璃碎裂的聲音由遠及近，像是有人把整幢房子的玻璃窗敲碎了。

小白驚叫一聲，狂喜之下用力吸了口氣才大聲喊出來，「艾爾——我在這……嗚！」

她的嘴又被他堵上，他像是想要破壞她，或是從她身上帶走點什麼紀念品似的那樣用力。

「待在床下不許出來！」他低聲威脅。這時，玻璃的碎裂聲終於在這房間響起，小白捂著被子安咬破的嘴唇，發現他已經不見了。

她聽到他長笑一聲，有什麼東西被打碎了，發出令人驚懼的破裂聲。

「小白？」

真的是艾爾！

艾爾喊了一句之後，立刻有一連串電線走火時的劈啪聲！從床裙和地毯的縫隙中能看到火光跳動。

「小白妳別出來！」艾爾又喊了一句。

白色的床裙此時就像一道銀幕，上面映出無數紫色和綠色的光束，兩色光束不斷相擊，火花四濺，就像置身於巫師們打群架的電影場景裡。

她知道自己貿然跑出去必然會分散艾爾的注意力，只能躲在床下大喊，「艾爾！我沒事！我……我很安全！」

轟隆一聲，一道強烈的白光閃過。她趕緊閉上眼睛，可是那道光是那麼強烈，即使閉上了眼，白光似乎還留在她的視網膜上。她的頭髮被疾風吹起，臉上和手腳露出的皮膚像被蒸汽熏到了一樣猛然一燙。

小白感到遮蔽她的那張床被氣流掀翻，她把雙手遮在眼前，努力想要睜開眼睛看看到底發生了什麼。可是她的眼睛竟然像是被剛才的強光灼傷了，不停流著淚，痠痛不已，除了模糊凌亂的線條外，她什麼也看不清。

她能做的，只有找個角落躲著別礙事。

可是，她閉目退縮，卻不知道該往哪裡退。

她周圍全是滾燙的氣流，有一束擦著她的頭髮飛過，打在牆壁還是傢俱上，發出刺耳的碎裂聲，而她隨即聞到頭發燒焦後發出的氣味。

她只好蜷著身體，待在原地不動。

當她終於能看見模糊的景物時，卻依然看不到艾爾或子安，連殘影都沒有！她只能勉強看見牆壁或是傢俱破碎之後，隱約有兩團黑影迅速分開。

看了幾秒鐘後，眼睛又疼得流淚，她不得不再閉上眼。

就在這時，她被大力一拉，從地上拽起來。

她反手抓住那個拉她起來的人，又立刻鬆開手，可是——

子安甜膩邪惡的聲音隨即在她耳邊響起，「艾爾，你還是那麼莽撞。看呀，看你可憐的未婚妻，她的眼睛現在痛得睜不開了。」

他的一隻手拂上她的臉，遮在她眼前，輕聲安慰道，「沒事，妳的眼睛沒受傷，只是被艾爾這笨蛋發出的強光照到了。別怕別怕。」

小白掙脫不開，只聽到艾爾深深呼吸了幾下後開口，「子安，你要什麼？」

「嗯……我要什麼你都會答應嗎？」他笑了兩聲，將小白耳邊的碎髮撩起來，又讓它們一絲一絲垂落下來，滑在她耳畔，「要是我要的，是她呢？」

艾爾沒有說話。

子安繼續玩著小白的頭髮，「你把菲力浦叔叔也叫來助陣了呀？嘖，看在他的面子上，我還真的不好意思再鬧下去了。蘭尼呢？他在哪裡？」

艾爾的聲音十分沉穩，「你應該猜得到蘭尼在做什麼。」

「哼，你是意思是，蘭尼已經控制了這附近的區域，所以無論我帶著她逃到哪裡，都會馬上被發現？」他語帶惋惜的把她的一縷長髮繞在手指上，輕輕一拉，「嘖嘖，看你都做了什麼，小白這麼漂亮的頭髮都燒著了。」

他輕嗤一聲，把她擁進懷裡，下巴壓著她的頭頂蹭了蹭，「你很心疼呀？沒關係，頭髮斷了很快就會再長出來，可是——」

他握住她的一隻手，輕輕捏她的手指，「別的地方就不好說了。」

小白嚇得一抖。

她隨即聽到艾爾深吸氣的聲音，趕緊咬住嘴唇，不再發出任何聲音。

子安把小白的手心貼在自己臉上，按著她的手掌，極緩慢的撫摸他的臉龐，「你這次到地球多久了，艾爾？」

「八個月吧。」艾爾輕聲回答。

子安嘆口氣，「你知道我這次在地球多久了嗎？三十四個月又十七天。」他張開嘴唇，把她的指尖放在唇齒間，輕輕咬一下，又怕她痛似的趕快拿出來吹了口氣，「威克森人對地球的適應度比其他的異星人都要好，這一點你是知道的。」

「是。」

「你們賽德維金人來地球後最大的困難，就是無法控制你們的光能量，對嗎？」

「是。」

子安笑著把小白的長髮攏到肩後，「其他地方不好說，但你們到了這個星球之後，如果遇到和你們戰力接近的威克森人，就得解除對光能的控制才有必勝的可能。嘖，尤其是當你遇到我，想要不解除控制就贏我，就只能用你那種大猩猩一樣的力量，乾脆把整幢房子、或是整塊地給震碎，哈哈。」

他笑了兩聲問，「艾爾，你說，要是你把整幢房子震碎，你這位美得像個瓷偶，也脆弱得像個瓷偶的地球未婚妻，會怎麼樣啊？」

小白聽到他的話身子一顫。

子安以為她是在害怕，俯到她頸窩小聲說，「我逗他呢，我怎麼捨得讓妳受傷呢？別怕別怕。再說，艾爾比我更怕妳受傷，不然他早就偷襲我幾百次了。」

小白用力轉動了幾下眼珠，緩緩睜開仍然刺痛的眼睛。

隔著眼淚，她終於能看到他了。

艾爾站在早就碎成齏粉的窗前，月光從他背後透進來。他穿了一身類似潛水服的白色衣服，領口和袖口有金色飾紋，戴著白色手套，雙手握拳，緊緊貼在腿側。

他的金髮在月光下幾乎是銀色的，眼睛被陰影遮住，小白只能看到他下巴上那條倔強的線條。

「艾爾——」她輕聲呼喚他。

他仰起臉，嘴唇動了動，似乎是看到子安做了什麼威脅性的動作，沒有回應她。

他只是又重複了一次，「子安，你要什麼？」

子安笑了，「我已經說過了啊！」他把小白抱得更緊一點，「我要她。」

第６５章

妳讓我心碎

艾爾轉動一下身體，眉峰輕挑，「提出一些我有可能答應的條件吧，子安。你應該也知道，你現在的情況不算太好。月球機動部隊也被我徵調過來了，沒有威克森人能夠趕來支援你。你的腦波頻率現在也該被鎖定了，就算是用你的奇怪新能力逃走，幾分鐘之後也會被追上。你先放開小白，一切都可以商量。以一個柔弱的女性為盾牌，似乎不是英雄所為。」

「我當然知道我的情況不妙了，可我從開始就沒打算叫任何人來支援我。」子安絲毫不覺得利用小白威脅艾爾是種羞恥，他有點得意的笑了，「我從來都不想當英雄，也不崇拜英雄。至於幾分鐘之後就會被追上嘛……在那幾分鐘裡，足夠我對她做好多事了！」

他的手指反覆摩挲著她脖子上的動脈，「如果我說，我就是想看高傲的賽德維金王子為了他心愛的女人難過流淚，放棄尊嚴跪下求我，你覺得怎麼樣？這個你能滿足我嗎？」

他把小白拉到一邊，完全的暴露出自己，「不然你也可以冒險試試攻擊我呀！或者……」他揚眉，揮手動了一下，艾爾臉上出現一道血痕，「你就站在這兒被我打爛吧。不知為什麼，我再見到你之後總想對你做些很暴力的事情。」

他皺了皺眉，似乎是覺得不夠解氣，然後又笑嘻嘻的揮動手臂。艾爾一聲沒出，可是胸前的白衣漸漸被血色滲透。

「讓你就這麼倒在她面前，像條落水狗一樣也挺好的。」子安一臉愉悅的看著艾爾身上出現一條又一條血痕。

小白完全看不出他是怎麼弄傷艾爾的，可是，到了這時，無論她怎麼忍耐，每次艾爾身上出現新的傷痕，她都會無法控制的全身顫抖一下，喉間出現壓抑的痛苦低哼，眼淚撲簌簌的流下來。

子安轉過頭看看她，「妳怎麼了？怎麼好像打在妳身上一樣啊？別哭，其實他一點都不疼，對不對呀艾爾？」

「嗯，真的一點都不疼。小白，別哭。」艾爾對她微笑。

她哭得更凶了。抽噎了幾下之後，她緊緊閉上眼睛，淚水像小溪一樣順著臉龐潸然而下，她竭力克制，可是喉嚨裡還是有低低的嗚咽。

子安把她拉回懷裡，小心翼翼的擦掉她臉上的淚，「別哭別哭，既然妳不喜歡這麼玩，那我們就換個別的方法跟艾爾玩吧。他帶了這麼多人來，我也有點害怕呢。妳說……我們再讓他做點什麼呢？裸奔好不好？」

小白像是突然被扔到了冰櫃裡一樣，渾身顫抖著。她仰著頭，喉嚨輕輕動了動，拼命忍著淚。

子安摸摸她依然腫著的嘴唇，「啊，不想看他裸奔嗎？那讓他滿腔妒火的看著我們吃糖好不好？就像剛才那樣。」

她猛然睜開雙眼。

「哈哈。」他得意的瞟瞟艾爾，「喂，艾爾，從小到大，我從來沒有嫉妒過誰，可是我現在嫉妒死了！她這麼可愛，又這麼好玩！你猜猜看，在這三天裡我都跟她玩了些什麼？你覺得，我和她在床下面做什麼？唉，你真的不想把我和這幢房子一起轟成碎片嗎？」

他伸出一隻手指，地毯上的玻璃碎屑立刻飛起，在空中聚集，形成一條閃爍著碎鑽光芒的鞭子，「我問過她，覺得我和你誰比較漂亮，她說你比我帥一千倍。我倒想看看，要是你這張和修澤很像的臉被割掉幾片肉之後，會是什麼樣子？」

那條玻璃碎屑組成的鞭子像條出擊的蛇，在空中一抖，尾端變成一枝利箭，刺向艾爾的臉頰。

子安笑著戳戳小白，「看好了，我小時候經常和他這麼玩，在他臉上畫上小雞、小鴨什麼的。啊，艾爾，我們有多少年沒這麼玩了？」

艾爾笑笑，「大概十年？」他似乎毫不在意自己臉上出現的血痕。

「這麼久了啊。唉，其實，如果你不想傷害到小白，還有一個方法幹掉我。嘻嘻，要是你放個什麼能接受你能量的小裝置在我身體裡的話，你就可以直接放射能量……」

子安還在笑，小白突然大喊，「艾爾！嘰咕餓了！給它喂點東西吃！」

艾爾微微一怔，手心中出現一個金色的小光球。

子安剛想把小白抓近一點，胸腹中猛的一疼。

他蹙眉，驚疑的看著她，又看看艾爾手中正在不斷縮小的光球。他呻吟一下，捂住胸口半彎下腰，汗水一瞬間就從他的額頭流向眉心。

小白後退一步，冷冷看著他，甩開了他的手，「你身體裡的確有一個可以接受艾爾光能量的小裝置。」

子安微張著嘴，唇角抖了抖，又向上彎起來笑了，「什麼時候？」

「就在剛才吃糖的時候。」小白抿緊唇。

他聽了，垂頭看看自己的胸膛，又抬頭看看她，突然哈哈大笑。

他笑了幾聲，猛的把她往地上一推，「唰」一聲撕開自己的襯衫，右手手指併攏——「噗」的一聲，他的襯衫上被濺出的血花染紅，一個小圓球落在地上滾了幾滾，帶著鮮血蹦到艾爾手上。

小白坐在地上，迎著子安的目光。

他笑得很古怪，像是十分欣喜，又像是十分悲傷。他咳嗽一下，血沫從他的嘴角流出來，「You make my heart… bleed….」

他胸口的鮮血有幾滴落在她臉上，溶在她未乾的淚痕裡，順著她的臉頰流下來。

他對她笑著，微微一偏頭，「再見了艾爾！」他伸出指尖，像是要碰觸她，卻像一道電光一樣，閃了一下就不見了。

子安消失之後，那條碎玻璃組成的鞭子浮在空中輕微扭動，然後像隕落的星塵一樣，無聲的散落在地上。

艾爾撲過來抱住小白。

「沒事了小白。」他用臉頰貼著她的臉頰，感到她像是很冷很冷一樣一陣陣發著抖。他用雙手摩擦著她的後背，想讓她快點暖和起來，「沒事了……」

小白想像過當艾爾和她重逢時的情景，可是當它真的發生，她還是無法相信。她哭得比剛才艾爾遭受折磨時還厲害，幾乎聲斷氣咽。她解開艾爾的衣服去撫摸那些傷口，又把手心貼在他臉上，她說的話完全沒有意義，沒有人能聽得懂。

但是艾爾能聽懂。

他親親她被淚水沾在一起的睫毛，眼睛笑得彎成月牙，「我真的沒事，很快就會好，妳看。」他的傷口閃著淡淡的光芒，迅速癒合，嘰咕在他身上跳來跳去，幫他把碎玻璃渣從傷口清理出去。

「對不起，讓妳……」他沒說完，小白就抱著他的脖子，用力吻了他。

她親了一下就鬆開，用衣袖蹭著自己臉上的眼淚鼻涕。

艾爾笑了笑，「哎呀我不會嫌棄妳啦！把鼻涕蹭在我臉上也沒問題！」

小白噗嗤一聲，冒個鼻涕泡泡，真的把鼻涕眼淚蹭在他臉上。然後，她像一隻無尾熊那樣，把四肢緊緊纏在他身上，汲取他的溫暖。

艾爾擁緊小白，下巴抵著她的頸窩，臉貼著臉，輕聲呼喚她的名字，「小白，小白。」

她又抽泣了一會兒，抓著他的肩膀退開一點，仔細觀察他胸前的傷口，又用手指摸摸，再把臉靠在上面。

蘭尼駕駛著無聲的飛行器懸浮在窗前，做個手勢。艾爾對他比一下手，他點點頭，又無聲的升起，飛走。

艾爾摸摸小白的頭髮，「對不起，把妳的頭髮……」

「沒關係。」由於哭得太凶，她鼻間還帶著未能停止的噎氣聲，時不時哽咽一聲。她就這麼抽著氣，吻在他胸膛上，再細碎的順著他的頸項向上，吻上他的喉結。

他的喉結被她親吻時輕輕動了一下，像是怕癢似的躲著她，於是她又向下吻，然後，她又流淚了。她把流淚著淚的臉貼在他胸口。

這些因欣喜而流出的眼淚很快被艾爾溫暖的胸膛溫暖熨乾，他摟著她，看到她長長的睫毛半垂著，像是要用自己的心去感受他的心跳一樣緊緊貼在他身上。她扭了扭腰，疲倦的把額頭靠著他的肩。

他低頭親親她的眼皮，停頓一下，又啄啄她的嘴唇，手指梳理著她散開的頭髮。

小白輕輕歪過頭看著他。

和艾爾對視了一秒鐘，她用力摟住他的脖子，熱烈的吻他。

她像是想這樣告訴艾爾她被擄走之後所遭受的委屈、驚嚇、絕望，還有那些在深夜夢中低泣時暗藏的希望和禱告。

他回應她，隨即發現她嘴唇裡的新傷口，讓他又難過又自責，充滿憐惜的輕輕撫慰她。

艾爾沒有什麼男女經驗，但他一想就明白為什麼嘰咕會出現在子安的肚子裡。

他從一見到她，就聞到她身上那種並不屬於他的淡淡香味，像曠野中的草木和野花，帶點甜味的氣味。取代了他留在她身上的誘導素氣味。

更何況，他最終找到這裡，依靠的，不是根據各種情報所做的分析。那些分析沒有任何一個指向這個地方。他依靠的，是昨天下午突然間隱約聽見的她急切而無助的呼喚，還有不久後出現在他腦海中的一朵植物的花的形象。

一朵淺橙色的、邊緣帶著黑色細線的花。

那種花只有高地一帶、高於某個海拔以上的小山上才有。

艾爾沒有向蘭尼解釋為什麼他會突然讓電腦尋找這種野花的生長地，也沒解釋為什麼他會把搜索的重點調整為高地。但當他們在這附近進行地毯式搜索時，他又一次聽見了她的呼喚。

這當然不是因為他和小白之間出現了心靈感應，而是因為她的腦波突然間通過某種形式增強了。

而他比小白更清楚子安的能力。

子安說的不完全對，他還是能夠猜到的。

這一切，都是因為他沒有保護好她。

艾爾的心和他的指尖一起輕輕顫抖，他撫摸著小白的臉頰耳朵，漸漸吻得濃烈熱切。

征服者的天性和極度的思念，讓艾爾極欲重新在她身上打上屬於自己的烙印，可是他又不斷猶豫。這也許不是一個好時機。

但小白的反應又讓他困惑。她的手臂纏在他頸子上，柔軟的胸脯貼著他結實的胸膛反覆磨蹭，似乎比他還要急切的需要得到某種證明。

終於，艾爾在小白不得不停下喘息的時候紅著臉問她，「嗯……小白，妳覺得……現在我可以撫摸親吻妳的胸部了嗎？」

「啊？」她愣了一下，看看他，又低頭看看自己。她胸前的衣釦早就在拉扯掙扎中散開。

難怪剛才就覺得好像有哪裡不對，原來我在用……我的胸，蹭艾爾的胸……嗚。

小白沒有回答艾爾。她捂著臉又嗚嗚哭了。

艾爾皺眉，啊，我好像幹了很糟糕的事。把女朋友從惡魔手中營救出來之後不是安慰她，而是問能不能摸她胸部……

這種男主角，我大概是有史以來第一個。

第６６章

你值得更好的女孩

小白在艾爾問了蠢話之後再次歇斯底里的大哭，然後昏倒了。

這不是因為她的精神和肉體都無法再承受刺激，而是因為子安臨走之前，悄悄給她注入了神經毒素。

小白醒來時，已經回到了她在艾爾弗蘭德1號的房間。

她問艾爾，「你那時為什麼放走他？」

艾爾頓了頓，「因為……因為擔心放射的威力……嗯，畢竟看在叔叔的面上，不能太……」

小白垂著頭，久久沒說話。

當她再抬起頭，艾爾忽然又有了從前那種大禍臨頭的不妙感覺。

果然，小白說，「你走吧，我想自己待一會兒。」

他坐在門外發了會兒呆，去找蘭尼。

蘭尼告訴他，小白的血液檢查結果出來了，她體內的毒素在注射瞭解毒劑之後很快會被代謝出來，不會有危險。

但蘭尼依然憂心忡忡，「她沒有受到什麼肉體上的傷害，可是精神上就……」

一個男人要折磨一個女孩子，可以有很多不造成肉體傷害的方法。

「她顯然受到了很大的驚嚇，精神處於極不穩定的狀態。」蘭尼看著艾爾，小心提議，「也許讓同性的朋友和她談談，會緩解這種壓力。」

「天亮之後叫麗翁過來吧。」艾爾說完倒在蘭尼的床上，蜷起來。他半闔著眼睛，看著窗外的月亮。

艾爾走後，小白爬起來去洗澡。

她在淋浴間仰起頭，讓水流不斷沖刷她的臉。

然後，她把濕頭髮包在毛巾裡，鑽進衣櫥，關上門，在黑暗中抱著自己。

艾爾真正擔心的，是爆破的威力會傷及她。

唉。我真是沒用透了。

我現在是艾爾的弱點。也許……我以後還會再次被當做他的弱點，用來威脅、傷害他。就像不久前子安在我面前做的那樣。

而我根本沒有能力阻止，我也沒有能力保護自己。

我更不可能像少年漫畫裡那些主角一樣突然爆發潛力，或是不斷變強，從戰鬥力只有五的雜魚變成打倒大 boss 的英雄。

我只是一條在雜魚中稍微特別一點的雜魚。

她把頭上的毛巾扯下來按在臉上，不讓自己哭出聲。

又哭了一會兒，小白把她的筆記型電腦打開，想要給媽媽寫信。她只寫了「媽媽」，就無法繼續下去。

媽媽可能必須承擔她這個累贅，沒有選擇，可是艾爾呢？

艾爾應該和更好的人在一起。

他本來就不該承受這一切，他是代替修澤來的。

本來艾爾應該娶一個賽德維金女戰士，然後像他的爸爸媽媽那樣，一同在宇宙中到處亂走，成為要價最高的雇傭兵夫妻檔，自由自在，活得囂張肆意。

他和我在一起能得到什麼？困在地球這個對他來說又熱又擁擠的星球上？束縛著自己的力量？被人挑釁侮辱時微笑著承受？

想到這裡，她用力閉上眼睛，可是子安得意的笑著凌遲艾爾——這一幕不斷在她眼前反覆出現。

我該怎麼辦？我能怎麼辦？

快天亮的時候小白趴在床上，有人敲她的窗子。

她轉過身，窗戶已經開了，子安的黑色長髮在夜風中飄盪，白色的紗簾在他身後翻飛，就像他的翅膀。

她想叫，可是嗓子裡發不出聲音。當她的喉嚨裡因為極度的驚恐而發出抽氣聲，他已經走到她床前。而且，她的四肢又不能動了。

他走過來，微笑著，紫色的眸子在星光下閃著光輝，他的嘴邊還有未擦去的血跡。

他解開衣襟，露出血淋淋的胸口，「妳看，小白，妳看，妳傷了我的心。」

他說著把手伸進胸口那道深深的傷口裡，用力一掏，一團跳動著的血肉連著血管神經，滴滴答答的淌著血。那些血落在她的被子上，變成一朵朵桃花的花蕾，血紅的花朵緩緩綻開，釋放出帶著毒的香氣。

他嘻嘻笑著把那團血塊遞到她面前，「看，看呀。」

小白看清那團東西是什麼時放聲尖叫。那根本不是心臟——而是一個在蠕動的嬰兒！

「我會讓妳為我生很多很多的孩子，每一個都會比艾爾和妳生的更優秀！」子安還在拿著那團血塊微笑，「妳看，我們的孩子多可愛。他會有我們兩個的黑頭髮，比我更漂亮，比妳更聰明。」

「小白——」他伸手拉她，要把那個滴血的嬰兒塞進她手裡。

她尖叫著躲開，「不——不——我不要！放開我！啊——我不要！」

「小白！快醒醒！」

有人在搖她的肩膀。

小白渾身冷汗，睜開眼睛瞪著自己的手，手上一滴血都沒有。

儘管確認了自己剛才經歷的不過是場噩夢，她還是放聲大哭。

艾爾緊緊抱著她，撫摸她不停顫抖的後背，「別怕，別怕，只是夢。」

她大聲喊著，「艾爾，抱著我！抱著我！別鬆開！再緊點！再緊點！」

他按照她要求的那樣緊緊抱著她，柔聲安慰，「別怕，我一直在這裡，我哪也不去。我一直陪著妳。」

她又嗚嗚哭了一會兒，艾爾遞來水杯，她就著他的手喝了幾口，喘著氣靠在他胸口，「艾爾，我很怕。」

「別怕。」他讓她靠在他心口。

他沉穩有力的心跳讓她安定下來，她終於沉沉睡去。

天亮以後，小白醒了。

她房間的窗簾還像她幾天前離開時那樣敞開著，陽光透過紗簾，照在床上。

艾爾額前的金髮散在枕頭上，反射著陽光，有小小的光圈。

他的眉毛微微皺著，眼窩下有缺乏睡眠而造成的青印。

啊……他真可愛。艾爾是這世界上……不，是整個宇宙裡最可愛的男孩子。沒有人能像他這樣，連皺著眉都這麼可愛。

小白坐起來，仔細的看著他的睡顏，忽然一陣鼻酸，然後眼淚就熱乎乎的流出來了。

她趕快用袖子擦掉淚，繼續貪婪的凝視著他。

他睡著的樣子，那麼美好。

她突然想起那些短暫而美好的東西，雨後的彩虹、草尖上的露珠。

也許……他和她的相遇也是美好而短暫的。

她和艾爾在一起的這段時間，對他來說，大概也就像一場做得比較長的美夢。

她想著想著，袖口漸漸濕透，無法及時吸收那些不斷從眼中湧出的水分，有幾滴水珠還是落在了他臉上。

艾爾一下子就醒了，他的眼睛由迷茫變得清澈。他伸出雙臂，想把小白攬進懷裡，可是，她扭轉身體背對他，輕輕抽抽鼻子，擦乾臉上的淚。

「我……我想自己待一會兒。」

艾爾聽到她的話，垂下頭。他發了會兒呆，還是從她背後抱住她，把頭靠在她肩上。

他的溫暖讓小白有片刻的軟弱，幾乎要放棄她所做的決定。但她仰起頭，又堅定起來。

「我沒事，只是想換衣服了。你先出去好嗎？」她勉強的笑。

他知道她在說謊，可卻只能離開。

艾爾走到廚房，默默做小白最愛吃的早餐。

蘭尼幾度用眼神詢問他，都被他忽視了。

小白換了衣服走到樓下，喝了點水，沒有吃任何東西。

艾爾問她，「妳怎麼不吃東西呢？妳都瘦了……」

小白打斷他，「蘭尼，對不起，你能出去一下嗎？我想和艾爾單獨談談。」

蘭尼愣了愣，看向艾爾。

「蘭尼，不許走。」艾爾命令。那種大禍臨頭的感覺就要成真了。

蘭尼尷尬的看看小白。

小白笑了，她垂下頭嘆息，「那麼……蘭尼就作為見證留在這裡好了。」

她看到艾爾放在桌上的手握成拳，他的指節因為用力而發白。

也許……他已經有心理準備了。這樣也好，這樣的話，我就不會因為看到他臉上難以置信的表情而反悔。

她又一次不由自主的回憶起那一幕：他滿身鮮血，可是卻若無其事的微笑。

不是每個人都有資格站在主角身邊的，既然不夠資格站在那裡，就及時退場吧。總是拖累主角的花瓶女最煩人了。

她鼻子微酸，知道自己很快又會哭出來。小白眨眨眼睛，抬起頭，努力對艾爾露出笑容。

「我想說的是……」她停住，輕輕呼吸一下又繼續，「我後悔了。」

蘭尼茫然的看著她，再轉過頭看艾爾。

他震驚的看到，艾爾的眼裡蓄滿了淚水，似乎立刻就會奪眶而出。

他再回過頭看小白，「妳在說什麼啊小白，你們……」

艾爾轉轉眼睛，顫聲問她，「那個時候，妳說妳喜歡我……是真的嗎？」

「是真的。」她回答得毫不猶豫。然後，她又說，「可是，我現在又後悔了。」

她像是真的感到疑問似的，微微歪著頭，問他，「你們沒有『後悔』這個詞嗎？」

一滴淚珠從艾爾右眼流出來，在他尚顯稚氣的臉上劃出一道晶亮的水痕。

小白忽然想起，昨晚子安用玻璃，在他臉上同樣的地方劃了一道血痕。

她的心臟像是被什麼東西用力攫住了，裡面的血液正在漸漸凝固。同時凝固的，還有她心裡的淚。

原來到了麻木的時候，眼淚已經流不出來了。那些用來保持眼睛濕潤的液體一瞬間都消失了，不知去了哪裡，所以眼睛才會這麼痠痛。

她聽見自己在說話。

她說，「我原先就一直有顧慮，可是我沒想到和你在一起還會很危險。」

她說，「我只是個戰鬥力還不到五的普通人，也只想過戰鬥力不到五的普通生活。」

她說，「我會先搬到宿舍去。」

她還說，「對不起，讓你失望了。」

艾爾眼裡的淚像是被什麼無形的東西凝結了。它們閃著顫抖的亮光，可是固執的留在眼裡，不肯掉出來，彷彿這樣就不會塵埃落定、無可挽回。

他定定的看著小白，終於站起身，「妳不用急著離開。」他轉過身，推開窗子。他沒有回頭，「妳不想看到我，我會……我不會讓妳為難的。」

說完，他就那麼縱身一躍，跳出窗外。

浴火小熊貓

——《外星達令的戀愛課程02》完

四、注意事項：

★ 投稿者之作品須有完整版權，繁簡體實體書出版權及電子書版權。

★ 請勿一稿多投。

★ 投稿作品如有涉及抄襲、剽竊等情事．無條件立即終止合約並針對出版社損害於予追究。

【輕小說畫者募集中】

三日月書版徵求各種不同風格的畫者，請踴躍提供參考作品及聯絡方式，審核通過後我們將與立即與您聯絡。

一、投稿插圖檔案格式：

★ 投稿格式。

1. jpg檔案，解析度72dpi，圖片大小像素800X600。(請勿過大或者太小)
2. 來稿附件請至少具備五張彩稿及三張黑白稿或Q版圖片
3. 請投電子稿件，不收手繪原稿。
4. 請在電子郵件中以「附加檔案」的方式將作品寄送過來，切勿使用網址連結。
5. 投稿作品請使用不同構圖之作品，黑白部分請勿僅以同樣彩色構圖轉灰階投稿，來稿請以近期作品為佳，整體構圖需有完整背景與主題人物。

二、投稿信箱： mikazuki@gobooks.com.tw

★ 電子郵件標題：「繪圖投稿：(筆名)」。

★ 真實姓名、聯絡信箱、電話及畫者的個人基本資料，若無完整資料，恕不受理。

★ 收到投稿後，編輯會回覆一封小短信告知，如3天內未收到編輯的回覆，請再進行確認唷。

★

三日月書輕小徵稿

你喜歡輕小說，光看不過癮還想投筆振書嗎？
你自認是有才又多產的寫作高手，卻一年又一年錯過多到讓人眼花的新人大賞資訊，找不到發揮的空間跟管道嗎?
沒關係，不用再搥胸頓足、含淚咬手巾地等到下一年

三日月書版輕小說，常態性徵稿活動即日開始囉！

【輕小說稿件募集中】

一、徵稿內容：

★ 以中文撰寫，符合輕小說定義之原創長篇輕小說。

★ 撰稿：題材與背景設定不拘，以冒險、奇幻、幻想、浪漫青春、懸疑推理等風格為主，文風以「輕鬆、有趣、創意」，避免過度「沉重、血腥、暴力、情色及悲劇走向」的描寫。主角請勿含BL相關設定，配角為耽美BL設定請視劇情需要盡量輕描淡寫帶過。

★ 字數限制：每單冊7萬字～7萬五千字(計算方式以Word工具統計字數為主，含標點符號不含空白為準。)
稿件已完成之長篇作品，請投稿至少前三冊，並附上800字左右劇情大綱及人物設定，以供參考。
未完成創作中稿件，投稿字數最少為14萬字，並附800字劇情大綱及人物簡介。

★ 投稿格式：僅收電子稿，不收列印之實體稿件。

★ 一律使用.doc(WORD格式)附加檔案方式以E-mail投遞。且不接受.txt、.rtf等格式稿件，與直接貼於信件內的投稿作品。請將檔案整理為一個word檔投稿，勿將章節分成數個檔案投稿。

二、來稿請附：

★ 真實姓名、聯絡信箱、電話及作者的個人基本資料、個人簡介、800字故事大綱、人物設定，以上皆請提供word檔，若無完整資料，恕不受理。

三、投稿信箱： **mikazuki@gobooks.com.tw**

★ 標題請注明投稿三日月書版輕小說、書名、作者名或作者筆名。

★ 收到投稿後，編輯會回覆一封小短信告知，如3天內未收到編輯的回覆，請再進行確認喲。

★ **審稿期為30個工作天**，若通過審稿，編輯部將以email回覆並洽談合作事宜。

高寶書版集團
gobooks.com.tw

輕世代 FW102

外星達令的戀愛課程02

作　　者　浴火小熊貓
繪　　者　絢日
編　　輯　謝夢慈
校　　對　林紓平
美術編輯　陸聖欣
排　　版　彭立瑋
出　　版　英屬維京群島商高寶國際有限公司臺灣分公司
　　　　　Global Group Holdings, Ltd.
地　　址　臺北市內湖區洲子街88號3樓
網　　址　gobooks.com.tw
電　　話　(02) 27992788
電　　郵　readers@gobooks.com.tw（讀者服務部）
　　　　　pr@gobooks.com.tw（公關諮詢部）
傳　　真　出版部　(02) 27990909　行銷部 (02) 27993088
郵政劃撥　19394552
戶　　名　英屬維京群島商高寶國際有限公司臺灣分公司
發　　行　希代多媒體書版股份有限公司/Printed in Taiwan
初版日期　2014年10月

國家圖書館出版品預行編目(CIP)資料

外星達令的戀愛課程 / 浴火小熊貓著. -- 初版.
-- 臺北市 : 高寶國際, 2014.10-
面；　公分. --

ISBN 978-986-361-070-0(第2冊 : 平裝)

857.7　　　103014573

三日月書版

三日月書版